A morte não erra o endereço

LARANJA ● ORIGINAL

A morte
não erra
o endereço

Plínio
Junqueira
Smith

1ª reimpressão, 2025 · São Paulo

Para meus filhos Eduardo, Estela e Inácio.
Para minha vó Lígia Junqueira (in memoriam).

Sumário

- 9   Óculos novos
- 25   Duplos
- 47   A entrevista
- 63   As estátuas dos discípulos de Buda
- 73   A morte não erra o endereço
- 83   O delator
- 113   Minhas noites solitárias
- 125   O jardim
- 139   Despedida

- 155   Agradecimentos
- 165   Posfácio
- 177   Pós-posfácio

Óculos novos

Hoje busquei meus óculos novos. Uma discreta alteração na miopia e o desaparecimento de meio grau de astigmatismo do olho direito foram as razões para trocar as lentes por outras mais adequadas. Eu precisava ajustá-las às minhas necessidades. Desde a infância, por ser progressiva, minha miopia nunca parou de me incomodar. E, agora, com a síndrome do braço curto, já não consigo ler quando estou de óculos. Passei a precisar de lentes que servissem para longe e para perto.

Com vontade de mudar minha aparência, acabei por comprar uma armação moderna, bem diferente daquela que usei nos últimos anos. Após completar quarenta anos de idade, minha vida nova deveria começar por uma visão mais nítida das coisas e por um visual mais transado do rosto. Essa nova vida, aquela que eu estava planejando ter no futuro, parecia estar ao alcance das minhas mãos, mas, na verdade, precisei antes ajustar contas com o passado. Não é fácil trocar nossa visão do mundo.

O que aconteceu comigo é muito comum. O doutor Mário Luiz não somente foi capaz de predizer minha sensação, como já deixara reservado para mim um retorno. Ele sabia que eu teria de retornar. Pediu-me para ver a armação assim que eu a comprasse. Fiquei surpreso com seu pedido. Após mais de vinte anos de consultas, ele nunca se interessara por nenhuma delas. Seria melhor examiná-la antes de mandar fazer as lentes novas — isso evitaria desperdício de dinheiro, porque, como ele me explicou, são caríssimas. E até me recomendou uma ótica especial, cujo dono era seu amigo. Foi nessa ótica que comprei a armação seguindo os conselhos e acatando a sugestão de seu amigo, um especialista em estética facial. Mas a sugestão não se revelou de todo satisfatória, como vim a saber no meu retorno. Aliás, aconteceu algo que não costuma acontecer comigo, pois, nesse retorno, deixei a nova armação no carro. Não sei como fui esquecê-la, porque eu estava ali justamente para mostrá-la ao meu oculista. Entrei na consulta e estava de mãos vazias. Cadê a armação?, ele me perguntou. Tive de ir buscá-la.

Quando voltei, ele a examinou com mais cuidado do que eu imaginara, assegurando-me que a área das lentes estava excelente. Era grande o bastante para permitir boa visão conforme as diferentes distâncias. No princípio, não fez muitos comentários sobre suas linhas estéticas, e sim sobre a sua curvatura, excessiva a seu ver. Recomendou-me que, ao mandar fazer as lentes, de acordo com a prescrição que me daria, eu pedisse que corrigissem o excesso da curvatura. Mesmo assim, acrescentou, eu teria de me acostumar a ela, porque sua curvatura agravaria as dificuldades usuais de adaptação a esse novo tipo de lente. Por ser mais redonda, as linhas retas das coisas pareceriam levemente curvadas nas suas extremidades. O mundo todo seria, com a nova armação, mais arredondado. Segurando nas mãos a antiga, disse-me que esta era, ao contrário da outra, excessivamente reta, de modo que essa diferença acentuaria ainda mais os efeitos sobre mim. Tudo isso implicava, com a necessidade das leis naturais, que a luz do mundo invadiria meus olhos de maneira inesperada e dificultaria minha adaptação à nova situação visual. Eu me sentiria um pouco tonto, desnorteado, e até poderia perder meu senso de orientação. Mas, continuou o dr. Mário Luiz, ela é bonita e de qualidade, não vale a pena comprar outra. É só uma questão de tempo, concluiu ele; afinal, nos acostumamos a tudo. Voltei à ótica de seu amigo e mandei fazer as lentes que me custaram, junto com a armação, os olhos da cara.

Para buscar o par de óculos, não pus as lentes de contato, pois precisava testá-lo antes de levá-lo para casa. Minha expectativa era grande, por ter investido muito nele, não digo apenas por causa do dinheiro gasto, mas por razões afetivas e emocionais. Eu queria que essas lentes logo me apresentassem um novo mundo e me apresentassem a esse mundo como um homem novo.

Já ali na ótica, mal o pus no rosto, e antes mesmo de a vendedora ajustar a nova armação a ele, tive uma súbita sensação de enjoo. Curiosamente, a visão era menos nítida do que com os óculos velhos e tudo adquiriu um ar mágico, esfumaçado e prismático ao mesmo tempo. As coisas balançavam como se eu estivesse num navio em mar tempestuoso. Havia lá um cartaz e tentei fixar o foco no que estava escrito, mas as letras com o nome da marca estavam mal definidas, sambavam para lá e para cá. Não consegui ler nada. Nele, havia a foto colorida de uma mulher esbelta e de óculos escuros numa praia, mas, mesmo sabendo que se tratava de um cartaz, eu não conseguia impedir-me de ver seus cabelos esvoaçando. A cada movimento de minha cabeça, tudo o que eu via na periferia do meu campo visual girava em círculos. O mundo perdera para mim, naquele instante, seus contornos, sua estabilidade e sua lógica. Senti meu rosto contorcer-se e devo ter feito uma cara de quem está desorientado, talvez até apavorado.

Notando meu desequilíbrio ao levantar-me da cadeira e minha expressão de pavor ao olhar ao redor, a vendedora tentou me acalmar. Disse que é sempre assim com todos os clientes que compram lentes progressivas pela primeira vez e me recomendou não voltar para casa dirigindo com os óculos novos. De fato, acrescentou ela, não se deve dirigir nos primeiros dias ou até se acostumar com essas lentes multifocais.

Só à noite, então, já em casa resolvi experimentá-los pela primeira vez por mais tempo. Embora com menos intensidade, o mundo "balançou" de novo e, com ele, desta vez, eu mesmo devo ter me inclinado primeiro para um lado e, como uma reação automática de vertigem, me jogado para o outro. Quase caí, mas pude me segurar no sofá. Um tanto incomodado e para não forçar o processo de adaptação, tirei-os em menos de meia hora e, no dia seguinte, trabalhei com eles somente pela tarde. No terceiro dia, não resisti e decidi usá-los desde que acordei até a hora em que fui dormir. Foi quando começaram os primeiros sintomas.

Aquela transformação do mundo pelas bordas, que eu já sentira na ótica, foi avançando, com lentidão, para o centro. Lembrei-me do dr. Mário Luiz, que já tinha me avisado que as novas lentes causariam uma espécie de alienação no meu cérebro. Mas uma coisa é saber que meu cérebro terá uma perturbação, outra, muito diferente, é experimentar essa perturbação.

Experimentei, primeiro, uma sensação visual bizarra. Eu recuava diante do mundo e o mundo ficava mais distante de mim. Era como se eu visse o mundo por um binóculo ao contrário, como se houvesse um túnel entre mim e o mundo. Este não passava de uma imagem pequena e distante cercada por uma escuridão arredondada. Na verdade, essa não era uma sensação inteiramente nova que eu tinha, mas os óculos novos a acentuaram de maneira sem precedentes. Muitas vezes na minha vida, sobretudo em momentos de fadiga e tristeza, eu sentia meus globos oculares recuarem para dentro do crânio e, no campo visual, apareciam as bordas escuras que não deixavam esses globos saltarem para fora.

Agora não se tratava de uma sensação puramente visual, ela se fazia acompanhar de uma vivência mais profunda. Senti não só um distanciamento do mundo, mas que eu não mais o compreendia. Esse não era o novo mundo que eu esperava, justo quando minha nova vida estava por começar. Pior do que o distanciamento do mundo, eu sentia alguma coisa esquisita em mim. Eu me sentia esquisito. Também essa não era uma sensação inteiramente nova.

Eu tive uma sensação similar, pela primeira vez, quando me vi numa fotografia. Eu tinha acabado de me formar e, com todos os meus colegas, organizamos um churrasco no sítio de um deles. Numa das fotos, saí com o olhar um tanto petrificado, um olhar fixo. É natural que às vezes saiamos mal numa fotografia. Mas ali eu não estava mal, no sentido de estar feio, mal arrumado ou numa postura estranha. Nela, meus olhos denotavam uma certa loucura, eram os olhos de um louco.

Eu sempre me senti uma pessoa normal, tive amigos, me saí bem na escola e no emprego, levei uma vida tranquila e ativa. Mas aquela foto me chamou a atenção. Se nada mais tivesse ocorrido, eu teria feito como minha avó, que rasgava as fotos ruins, e a teria esquecido. Mas não se rasgam fotos na imaginação. Nunca a esqueci. E o esquecimento de nada me adiantaria, porque, algum tempo depois, saí com a mesma expressão em várias outras fotos: um olhar fixo, perdido no horizonte, vidrado. Eu não me reconhecia com aquele olhar, um tanto arregalado até.

Percebi que, nessas fotos, minha cabeça projetava-se levemente para a frente, inclinando-se para o lado esquerdo, e que meu pescoço não era mais fino que minha cabeça, por natureza pequena. Essa continuidade entre o pescoço e a cabeça, eu não a notara até então.

Olhando-me nessas fotos eu me via de maneira diferente de como me sentia e de como me imaginava em pensamentos. Mas, pensei, é preciso levar em conta que uma fotografia nos apanha em um momento isolado, em um instante fortuito, revelando um aspecto que, separado do movimento, pode dar uma impressão totalmente enganosa. Umas poucas fotos em que eu parecia esquisito, diante de tantas outras em que eu parecia normal, não poderiam abalar minha autoconfiança, ainda que cada vez mais eu me deparasse com essas fotos sinistras.

Anos depois, tendo ganhado uma filmadora, filmei o aniversário de meu filho. Ao contrário das fotos, que paravam o tempo num instante irreal e efêmero, pude ver-me em movimento. E, para a minha surpresa, percebi que aquele olhar esquisito e vidrado não era um relance fortuito, algo que ocorre de maneira ilusória num instante fugaz, mas que ele estava ali por muito tempo, que era o meu olhar constante.

Quando vi mais uma foto com aquele olhar, não pude deixar de fazer um comentário para a minha mãe sobre como eu havia saído mal naquela foto. Sua resposta somente aprofundou minha inquietação. Ela me disse que eu fazia aquele olhar com frequência, que era raro na infância, mas que, com o passar do tempo, foi ficando cada vez mais comum. Fiquei assustado comigo mesmo.

De um lado, eu me sentia uma pessoa normal, simpática, afável, bem adaptada ao mundo, com amigos, mulher, filhos, com uma vida afetiva e profissional bem resolvida; de outro lado, eu suspeitava de que havia algo errado em mim, mas que eu somente conseguia perceber esse algo em fotos, filmes, relatos de outras pessoas sobre mim. Comecei a perguntar-me se eu não era louco, embora me sentisse perfeitamente normal.

Eu jamais poderia responder a isso por meio de um exame interno: eu me sentia bem com as pessoas e com o mundo. Internamente, eu não tinha acesso à minha esquisitice. Se eu fosse relatar a minha experiência, tal como vejo e sinto as coisas, esse relato não conteria nenhuma sugestão de algo errado dentro de mim, exceto aquilo que todos temos de errado.

Nunca fui agressivo, nem irresponsável. Raras vezes levanto a voz, quase nunca tenho uma explosão de raiva e jamais precipito-me no julgamento de alguém. Mesmo quando eu deveria reagir irritado, mantenho a calma e o bom senso. Ser ponderado é, a meu ver, uma virtude que tenho profundamente enraizada em mim. Boa pessoa, ajudo os outros e não sou egoísta, mas isso não faz de mim alguém que se esquece de si mesmo, nem deixa de defender seus interesses, nem luta por suas ideias. Em geral colaborativo, reconheço-me também como uma pessoa competitiva, mas não desleal, quando é preciso sê-lo, porque ser competitivo é um imperativo no nosso mundo.

É bem verdade que, ao assistir jogos de futebol, irrito-me bastante com árbitros e jogadores, praguejo e sou muito parcial nos meus comentários. Às vezes, até xingo e grito. Mas isso é desculpável, são meras bobagens, e vou além do razoável somente nessa paixão excessiva pelo futebol que muitos têm. Por mais que eu examinasse internamente a mim mesmo, nada via que pudesse indicar aquela loucura que meus olhares denunciavam.

Restava então examinar-me externamente, o que não era difícil, dada a tecnologia disponível. Comprei várias câmeras, que pus em diferentes ambientes da casa: quarto, sala, cozinha, corredor. (Naturalmente, não pus no banheiro.) Todos os dias, eu examinava, através das imagens, o meu comportamento, buscando confirmar ou rejeitar a hipótese de que, no fundo, eu era um louco.

Não havia nada de anormal ou inesperado nas coisas que eu fazia, pois tenho um comportamento convencional, mas a maneira pela qual eu as fazia chamou a minha atenção. Um tique aqui, palavras repetidas que eu não notava ali, uma pressa constante, passos duros ao andar, pouca atenção às pessoas à minha volta, gestos negligentes, aquele pescoço para a frente, como se a cabeça devesse chegar antes do corpo, como se a cabeça fosse se destacar do corpo, como se a cabeça não pudesse repousar sobre o corpo. Esse posicionamento esquisito da minha cabeça exigia do pescoço um esforço redobrado, que causava uma tensão e um cansaço permanentes. O pescoço tinha de unir aquela cabeça que queria saltar fora do corpo a um corpo desleixado e que se movia de maneira ríspida e demasiadamente prática. Aquele olhar passou a ser apenas um entre vários elementos incongruentes dessa pessoa que, sendo eu, não era eu.

Foi somente dessa maneira objetiva, a partir de uma perspectiva externa a mim, que me dei conta de minha loucura. Se a narro de maneira tão fria, é porque a percepção que acabei por adquirir dela foi, antes de tudo, como a percepção do que se passa com outra pessoa, não comigo.

Por mais que eu soubesse que se tratava da minha pessoa, eu não me reconhecia naquela pessoa que eu via de fora, por meio das câmeras que me pegavam em meus afazeres cotidianos. Tentei convencer-me de que aquele que eu via nas imagens não era eu e que eu era apenas aquele que eu sentia por dentro: uma pessoa alegre, agradável, pacífica e de boa convivência. Nunca deixei de me sentir assim. Mas o exame externo a que me submeti com essas filmagens criou uma sensação adicional. Mesmo não sendo capaz de interiorizar essa visão externa de mim mesmo, ao menos desenvolvi uma sensação de desajuste entre dois eus, de uma incompatibilidade entre mim e mim mesmo, por assim dizer, a partir de duas perspectivas diferentes.

Não é à toa que precisamente hoje, quando se completa um ano desde o dia em que troquei de óculos, todo esse processo chegou ao seu fim. O distanciamento visual do mundo, cada vez mais intenso, fez com que por fim eu me sentisse subjetivamente muito esquisito. Um ano inteiro, uma volta completa em torno do Sol.

Ao longo desse ano, sentei sem querer duas ou três vezes nos óculos e, assim, a armação acabou entortando um pouco. Uma lente multifocal, quando fora do lugar exato, não produz uma imagem nítida, distorcendo o mundo à nossa volta. Aquela sensação inicial de desconforto, enjoo e desorientação, que passara num primeiro momento, acabou voltando.

Fui até a ótica para que a armação fosse consertada, serviço que eles fazem de graça para os clientes. A mesma vendedora estava lá e me reconheceu. Perguntou como estavam meus óculos e me disse que não era normal uma armação tão boa entortar em espaço de tempo tão curto. Por isso, emendou, a garantia é de dez anos. Ela fez o ajuste, mas o fato é que, embora os óculos estivessem de novo no lugar certo, minha sensação visual continuava desfocada, como se os óculos continuassem tortos, quando em verdade eram meus olhos que não funcionavam bem.

Sai da ótica mareado pelo movimento das coisas na periferia do campo visual e andei com insegurança pelas ruas até meu carro. Eu tinha pressa. Queria chegar em casa antes de as alterações atingirem o centro da percepção visual. Não me sentia capaz de dirigir, mas, tendo perguntado à vendedora se eu poderia dirigir com os óculos ajustados, obtive a resposta encorajadora de que não haveria problema algum. Confiei nela mais do que em mim. E, de resto, eu não tinha alternativa, só tinha aqueles óculos.

Entrei no carro, pus a chave na ignição e dei a partida. Consegui sair da vaga sem problema nenhum e logo ganhei as ruas. Olhando pelo espelho retrovisor, eu via os carros passando, mas não calculava direito suas velocidades, nem a distância em que se encontravam. Na verdade, não só a visão e o equilíbrio me falhavam, era o pensamento mesmo que desaparecia em um turbilhão de pequenas, imprecisas e fluidas sensações. Dirigi umas três ou quatro quadras devagar, tentando dominar o carro, e, quando nenhum carro passava, a sensação de risco iminente diminuía. Mas muitos carros surgiam do nada; algum sinal deveria ter aberto e eu nem notara. Ser pego de surpresa me abalou muito. Depois, a morosidade do trânsito começou a me inquietar, mas finalmente cheguei à avenida Vinte e Três de Maio. O trânsito, como de hábito, estava infernal nessa avenida, a um só tempo deserta e superpovoada. Embora a lentidão geral me garantisse que uma eventual batida causaria apenas leves danos, minha sensação de mal-estar se aprofundava mais e mais, sempre que, após engatar a primeira marcha, eu era obrigado a brecar e voltar ao ponto morto. Esse movimento mecânico, repetitivo e aborrecido, com resultados quase inúteis, exceto o de me fazer balançar para a frente e para trás, potencializou meu enjoo e, sobretudo, minha ansiedade. Essa avenida, que deveria me levar para casa, pareceu-me infindável. Cada vez eu andava mais devagar e só fazia metade do caminho que tinha feito um pouco antes. Tive a impressão de que, em breve, eu não sairia do lugar. O movimento era impossível. Exasperei-me.

Vi, então, com uma visão distorcida, as motocicletas voarem pelos corredores entre os carros, buzinando como se fossem abelhas ou, pior, zumbindo como aqueles mosquitos que não nos deixam dormir. Vi uma ambulância, com uma sirene ensurdecedora para meus ouvidos suscetíveis, passar em baixa velocidade, mas avançando como podia, já que os carros mal lhe davam passagem. Vi um carro que procurava aproveitar-se da ambulância, colando irregularmente atrás dela, como se também transportasse alguém que, com o risco de perder a vida, precisava chegar a um hospital. Vi outro que mudava de faixa sempre que podia para ganhar terreno e chegar, com sorte, dois ou três minutos mais cedo em casa, depois de ficar mais de uma hora no trânsito. Vi um ambulante parado na junção de uma via de acesso, atrapalhando ainda mais o fluxo e tentando sobreviver como podia naquele caos.

Misturaram-se em mim o sentimento de pena e o de raiva, um desejo de benevolência com o mais profundo egoísmo. A confusão visual e a paralisia mental em que eu me encontrava não me permitiam distinguir mais nada: tudo se confundia e sumia, imerso naquele mar de carros, todos cinzas, mar tempestuoso que me dava náuseas. Exausto, parecia que não somente o mundo, mas também eu mesmo era irreal.

Foi então que aconteceu algo que me tirou do torpor em que me encontrava.

Uma das motocicletas bateu no espelho retrovisor do meu carro, como se me picasse com seu ferrão, gesticulando como se o delinquente fosse eu. Mais uma pequena agressão que temos de engolir. Pensei: uma após a outra, como um carro após o outro naquela fila infinita, as agressões vão se acumulando. Agressões que, calados, vamos assimilando. São tantas que a alma precisa fazer calos para proteger-se. Mas, ali, foi como se uma bolha de sangue estourasse. Senti-me agredido como nunca havia me sentido.

Eu não me importava, é claro, com o retrovisor, mas aquela imagem de repreensão, com a cabeça balançando para um lado e para o outro, atingiu-me em cheio, como um soco na boca do estômago. De súbito, veio-me uma necessidade incontrolável de revidar e me vi compelido a extravasar minha agressividade. Num gesto brusco, virei a direção e acelerei, mudando de faixa, como se eu pudesse perseguir o motociclista que já ia longe. Pensei em jogar o carro contra aquele carro que tentara se aproveitar da passagem de uma ambulância para, seguindo-a, avançar desonestamente mais rápido, mas ele tinha se enredado de novo no trânsito poucos metros adiante.

No mesmo instante, dei-me conta de minha tolice, como se fazer um ato louco nos curasse da loucura, e, antes da colisão, em outro rápido gesto, consegui brecar o carro. Mas deixei o motor morrer, ficando entre as duas faixas.

Foi o suficiente para que uma moto, vindo em alta velocidade, batesse no meu carro; e outra moto, também em alta velocidade, batesse na moto que bateu no meu carro; e ainda uma terceira moto, na mesma alta velocidade, bateu na segunda moto. E muitos outros motoboys que vinham atrás pararam para ver o que tinha acontecido. Embora nenhum tenha se ferido gravemente, o primeiro parecia ter quebrado a perna e o segundo, mal conseguindo se levantar, parecia zonzo.

Percebendo que eu causara o acidente, todos eles começaram a chutar meu carro e a bater no vidro. Eu estava inerte, incapaz de qualquer reação, entregue ao destino. Era impossível sair dali e, atônito, fiquei sentado no banco, à espera do que ia acontecer. Quebrando o vidro da minha janela e abrindo a porta, os motoboys arrancaram-me do carro, bateram-me, jogaram-me no chão e começaram a me chutar.

Acho que mereci ser espancado. Se eu não estivesse tão alheado do mundo, eu mesmo teria aberto a porta para os motoboys, teria me oferecido de peito aberto ao linchamento. Mas eu estava num transe e não conseguia sair dele sozinho. Precisava de ajuda. Esse meu estranhamento com o mundo era, ele próprio, muito estranho. Paradoxal. Tenho dificuldade de explicá-lo, até para mim mesmo. Só sei dizer isto: foi preciso uma experiência muito radical, próxima da morte, para que eu recobrasse controle da minha vida. Embora dolorida, foi uma experiência libertadora.

Não lamento a perda de um dos dentes da frente, nem dos óculos novos que eu tinha comprado. A surra que levei fez-me um bem, justamente aquele que eu esperava obter com meus óculos novos, agora destruídos. Nas fotos do tumulto publicadas nos jornais, meus olhos, finalmente, não estavam mais vidrados.

Duplos

O episódio aconteceu no lugar mais sem graça do mundo. Só poderia ocorrer exatamente ali. Era uma tarde fresca de agosto, quando os raios solares têm força para aquecer as coisas, mas não o ar frio que as circunda. Logo chegaria o anoitecer. Após o sol se esconder atrás das favelas na colina distante, a temperatura despencaria com rapidez. Mas, àquela hora, ainda fazia um calor aconchegante. Lá se vão quase dez anos desde que isso aconteceu e, agora, quando o mundo se torna cada vez mais insano, eu talvez alcance a lucidez. Minha narração poderá parecer assombrosa. Porque o é. Não disponho de provas para oferecer ao leitor, só a sinceridade do meu testemunho; que este lhe sirva de garantia. Mas, em seu benefício, eu mesmo já levanto suspeitas sobre o depoimento que presto aqui. Antes do episódio, fiquei dias sem dormir e, se adormecia um pouco, pensamentos invasivos me despertavam de imediato. Se se sentir incomodado com minha narração, o leitor poderá atribuir a invenção desta história inquietante a um estado mental alterado.

    Sou professor universitário e leciono filosofia. Com os meus estudos ao longo de toda uma vida, fui me tornando cada vez mais cético. Conheci as profundas especulações dos metafísicos, seus argumentos poderosos, sua coerência impecável, e, no entanto, desconfiei de todas elas. Como, então, poderia um cético acreditar numa assombração? Não deveria duvidar até de sua própria experiência? Ou melhor, não deveria pensar que sua experiência não passa de uma ficção criada por sua imaginação? No entanto, creio em minha narração com a firmeza de uma pedra. Ninguém acredita mais do que o cético que a realidade pode comportar fatos estranhíssimos. Acaso sabemos tudo o que ela contém?

Às duas da tarde, depois de um almoço ruim e de um café ainda pior, eu, junto com um colega, comecei a entrevistar candidatos a duas bolsas de estudo que nosso projeto obtivera. Alguns alunos, cujo nome não me recordo, desfilaram diante de nós, envergonhados ou falantes, com mais e com menos méritos. Líamos o histórico escolar, fazíamos algumas questões sobre os filósofos clássicos e alguns temas específicos da nossa área. Também perguntávamos o que pretendiam fazer no futuro e, sobretudo, por que estavam ali, pleiteando essa bolsa, de valor tão baixo. Em suas respostas, procuravam exibir suas capacidades, insistindo em sua dedicação à filosofia e em sua disponibilidade de tempo. O trabalho repetitivo, sempre as mesmas perguntas, quase sempre as mesmas respostas, era fatigante, para não dizer aborrecido.

No intervalo das entrevistas, eu e meu colega discutíamos brevemente esses méritos e íamos elaborando, aos poucos, uma classificação. Não coincidimos em nenhuma de nossas avaliações: de tudo o que eu dizia, ele discordava. Divergências podem ser divertidas e animadoras, porque a oposição nos estimula, mas, naquele caso, fiquei com a impressão de que meu colega se opunha a mim somente para me irritar, não para discutir e examinar. Sua atitude beligerante só fazia aprofundar minha sensação de cansaço.

A tarde estava por acabar, o sol estava se deitando e faltava uma última entrevista. Fechei os olhos, respirei fundo e fiquei absorto em meus pensamentos. Dei-me conta da passagem do tempo, de como tentamos medi-lo objetivamente e, ao medi-lo, de como tentamos detê-lo. Uma das razões pelas quais me interessei por filosofia foi o tempo.

Não é difícil conceber que ele não existe: o passado já se foi, o futuro não chegou e o presente é um instante sem espessura. O instante é como o zero e a soma de zeros, mesmo se infinita, dá zero. Sequer é preciso muita filosofia para perceber que o tempo pode não passar de mera impressão subjetiva da sucessão de instantes atemporais. Tempo é movimento; ora, o movimento é ilusório; logo, o tempo é ilusório. Cada instante do tempo é como uma fotografia. Em cada uma delas, considerada isoladamente, a imagem está parada. Vistas sucessivamente, no entanto, geram a percepção de movimento. Ora, só há instantes parados, que não existem no tempo, nem contém o tempo, porque não duram. O tempo, entendido como passagem e como continuidade, não existiria.

A concepção idealista do tempo como uma sucessão de instantes abre possibilidades bizarras. O tempo poderia ter outra sequência de instantes. O que, numa ordem poderia vir antes, em outra viria depois. Se embaralharmos os instantes, produzindo uma ordem aleatória, não perceberemos movimento algum. Teríamos uma sequência incongruente em que o que viria depois não teria relação nenhuma com o que veio antes. Tal seria a aleatoriedade da sequência que não perceberíamos sequer as coisas.

Outra possibilidade bizarra seria a seguinte. Duas sequências diferentes do tempo (A e B), distantes na ordem temporal do nosso mundo, poderiam ter seus instantes intercalados produzindo uma nova sequência (C). Esta nova sequência, combinando aquelas duas, começaria com o primeiro instante da primeira sequência (A1) seguido pelo primeiro instante da segunda (B1); continuaria com o segundo instante da primeira sequência (A2) seguido pelo segundo instante da segunda (B2); e assim sucessivamente, de tal forma que as duas sequências temporais coexistiriam numa nova ordem do tempo (A1, B1, A2, B2, A3, B3, A4, B4 etc.). Como o tempo é uma ilusão produzida pela rápida sucessão dos instantes, objetos em A e objetos em B se moveriam simultaneamente.

Imaginemos a sequência C descrita acima, na qual as sequências A e B têm seus instantes intercalados (A1, B1, A2, B2, A3, B3 etc.). Embora altamente improvável, não é impossível imaginar que um objeto na sequência A (Oa), e um objeto na sequência B (Ob), possam se mover simultaneamente de maneira articulada na sequência C, embora Oa não exista na sequência B e Ob não exista na sequência A. Oa é, por exemplo, uma bola de bilhar vermelha, enquanto, na sequência B, Ob é outra bola de bilhar, mas azul. Na sequência A, Oa se move na direção ao ponto em que Ob está na sequência B. Quando chega no ponto em A correspondente ao ponto onde Ob está em B, Oa desacelera e muda de direção; digamos, para a esquerda. No instante seguinte da sequência C, Ob começa a se mover para a direita. Assim, quem vê a sequência C, que é combinação das sequências A e B, tem a percepção não só de movimento simultâneo de Oa (a bola vermelha) e de Ob (a bola azul), mas também de que a bola vermelha causa o movimento da bola azul. Para essa pessoa, Oa colidiria com Ob, impulsionando-o. Objetos em diferentes momentos do tempo poderiam aparentar interagir uns com os outros.

O tempo, a existência de objetos, seus movimentos, sua coexistência e suas interações, tudo isso poderia não passar de ilusão. E uma ilusão minha, porque as outras pessoas seriam igualmente ilusórias. Desde jovem, eu já me divertia elaborando uma posição idealista sobre o tempo e o mundo, que me levou a um solipsismo, porque só eu existiria, mas nunca acreditei nessas fantasias teóricas. A filosofia me deu prazer, nunca verdades.

Mas havia algo estranho nesse prazer. De que tipo de prazer se tratava? Se tudo não passasse de ilusão minha, ao menos eu existiria, eu mesmo não poderia ser uma ilusão. Mas não era o prazer de descobrir a verdade de minha própria existência. Havia uma fonte muito mais profunda para esse prazer. O estranho prazer que eu sentia em tais devaneios filosóficos provinha de uma megalomania, na qual eu seria o centro de tudo. Consciente dela, tentei moderá-la. Mas como se poderia negar a própria existência sem cair numa evidente contradição: eu, que existo, duvido de minha existência?

Ocorreu-me, então, uma aparente solução. Supus, para refrear esse egocentrismo exacerbado, que eu poderia ser a ilusão de um deus, que cada pessoa, com seu mundo ilusório, não passaria da imaginação desse deus. Uma imaginação poderia, decerto, imaginar-se existente sem o ser. Eu existiria, mas somente como a fantasia de alguma divindade. Imaginar-se como o fruto de deus seria, contudo, um bom antídoto para meu narcisismo disfarçado de teoria solipsista?

Envolto nesses pensamentos tolos que obsessiva e reiteradamente ocupam a minha mente, eu estava com a cabeça abaixada, esfregando os olhos e bocejando de tédio. Quanto tempo transcorreu até que, por fim, despertei de meu torpor? Ao levantar a cabeça, vi o último candidato sentado bem à minha frente, com os livros sobre o colo e as mãos sobre os livros, esperando que eu falasse alguma coisa. Faltava-me a energia para recomeçar pela enésima vez aquela sequência de perguntas previamente preparadas. Nenhum de nós tomou a iniciativa de começar a entrevista.

Eu tentava fitar o candidato, mas, como a luz diminuía, seu corpo inteiro estava à sombra. Não vislumbrei bem os seus traços, mas o rosto me pareceu familiar. Lembrou-me um primo médico, o mais parecido comigo de todos os meus primos, talvez mais parecido até do que meu próprio irmão. Tinha até o ombro direito um pouco mais caído do que o esquerdo, como eu. Tentei prestar atenção na cor de seus olhos, que me pareceram azuis, ou no nariz, um tanto grande, embora eu já não estivesse enxergando bem. Pisquei várias vezes, tentando encontrar o foco. Nada.

Meu colega, ao meu lado, também agora engolido pela sombra, nada dizia e esperava que eu tomasse a iniciativa, como acontecera durante a tarde toda. Quando se manifestava, era para me contradizer.

O candidato, então, falou.

— Podemos começar a entrevista?

A princípio surpreso, logo horrorizei-me. Reconheci sua voz. Havia muito tempo que não a ouvia. Era a voz, se não de uma pessoa morta, pelo menos de uma pessoa desaparecida.

Controlando minha agitação, dirigi-me ao candidato e perguntei-lhe:

— Você está no começo da graduação?

— Estou no segundo ano.

— E o que você gostaria de estudar?

Aquele jovem ali estava fazendo as mesmas propostas e dando as mesmas respostas que eu tinha dado ao meu mestre O. P. quando eu mal começava a estudar filosofia. Tal foi o meu espanto que eu gostaria de ter um espelho para ver se eu mesmo não havia me transformado, de súbito, no meu saudoso professor. Mas essa transformação estava, decerto, fora de questão.

Busquei contato visual com meu colega, para ver se ele se dava conta de que, por alguma inexplicável dobra no tempo, eu estava conversando comigo mesmo. Ele me conhece há décadas e, portanto, poderia identificar esse aluno como sendo eu mesmo havia trinta e oito anos. Após tanto tempo, podia ser que minha aparência tivesse mudado substancialmente: menos cabelos, cabelos mais brancos, muitos quilos a mais, alguma corcunda, um ar taciturno e desanimado. Os olhos, sobretudo os olhos, já denotavam a minha idade. Não creio, porém, que eu tenha mudado muito. As pessoas dizem com frequência que o tempo não passa para mim, que eu continuo o mesmo, de modo que eu permanecia perfeitamente reconhecível.

Mesmo tragado pela sombra que dominava toda a sala, meu colega não me pareceu surpreso. Para ele, estávamos entrevistando mais um aluno. Só isso. Seu olhar, no entanto, traía alguma intenção que julguei ser maligna, como se ele quisesse tomar o meu lugar. Seria melhor que eu, e não ele, controlasse a conversa, pensei. Com pressa, em tom professoral, retomei nossa conversa:

— Você já leu David Hume?

Ele meneou a cabeça, apertando os lábios. Não sem certa vaidade, do alto de minha experiência, senti que aquele era o momento em que eu, professor maduro e filósofo experiente, poderia dar conselhos a mim mesmo, ainda jovem e ingênuo. No entanto, somente repeti, palavra por palavra, o mesmo conselho que eu ouvira de meu antigo mestre.

— Se não o leu, seria bom ler um de seus livros na próxima semana antes de voltarmos a conversar. O melhor é começar pela *Investigação sobre o entendimento humano*. Lá, Hume diz que o caminho mais doce e inofensivo na vida é o das ciências e do aprendizado e sugere que a natureza nos indicou uma vida mista, em que não somente os estudos, mas também a sociabilidade e as ocupações diárias devem encontrar o seu lugar. Além de grande filósofo, é um grande escritor. Você vai gostar.

De maneira abrupta, as seguintes palavras precipitaram-se da boca de meu colega, como se tivessem saído da boca de um boneco sentado no colo de um ventríloquo:

— Você já deve ter notado a semelhança física entre você e esse professor ao meu lado.

Sua intromissão mudara a conversa de direção. O candidato respondeu:

— Como assim? Além de muito mais velho, ele é careca.

Meu colega, mal controlando um risinho indisfarçável, explicou:

— Refiro-me aos traços do rosto, à cabeça pequena, ao nariz grande, aos olhos afundados, às sobrancelhas grossas, mas afastadas uma da outra, a barba rala.

— Notei alguma semelhança, sim, mas não dei muita importância a isso.

Embora respondesse a meu colega, o candidato, curiosamente, falava sem fitá-lo, com os olhos dirigidos somente para mim. A meu lado, sempre imerso na sombra e com um sorriso agora sinistro, meu colega calou-se, como se tivesse logrado seu objetivo. Senti um leve roçar no ombro, como se ele me cutucasse de propósito, para irritar-me. Ele se postou ainda um pouco mais atrás, provocando em mim um arrepio desagradável.

Continuei a falar, como se não fosse dono da minha voz, mas esforçando-me para parecer natural.

— Você conseguirá ler o *Tratado da natureza humana* até o fim? Você não gosta de ler romances longos e, em geral, larga-os pela metade, quando acha que já entendeu o que o autor quer dizer e se enfadou do seu estilo.

— Isso é verdade. Não consegui terminar *A montanha mágica*.

— Mas você tentará de novo e conseguirá.

Eu queria provar, àquele jovem ali na minha frente, que ele era eu mesmo. Mas como esses fatos futuros poderiam provar qualquer coisa, se ele ainda não os tinha vivido? Vasculhei a memória e citei algumas coisas de que, a meu ver, só nós dois lembraríamos, como, por exemplo, o fato de que eu tinha chegado em primeiro lugar num campeonato estadual de corrida quando pequeno ou, ainda, que tínhamos morado na rua José Augusto Penteado, 104.

— Tudo isso, retrucou-me, pode ser facilmente encontrado na internet.

E, talvez para impressionar-me, porque eu era arrogante naquela época (e talvez ainda seja), ele lançou mão de um argumento que andou na moda, explicando com excessivo cuidado, a ponto de beirar o tédio (como eu deveras fiz com o tempo, logo acima).

— Na verdade, se meu cérebro estiver ligado, por meio de eletrodos, a um supercomputador, não seria difícil para um cientista manipulador fazer coincidir a minha memória com o que você diz. Tudo não passaria de um truque computacional e cibernético. A realidade não seria como pensamos que é e seria produzida por um programa avançadíssimo que me induziria a perceber coisas como se elas existissem fora de minha mente. Até esta conversa poderia ser uma espécie de sonho induzido em meu cérebro. Você não passa de mera imaginação minha.

Notei que ele tentava negar a minha existência. Não se tratava de mera especulação filosófica, embora a ideia estivesse disfarçada como tal. Meu colega, já quase inteiramente atrás de mim, soltava um risinho contido. Fiquei a pensar que tipo de prazer perverso ele poderia ter ao ouvir essa conversa bizarra entre eu velho e eu jovem. Mantive a calma e comentei.

— Vejo que você leu Hilary Putnam. Uma leitura útil para sua carreira.

— Nunca li Putnam, mas já vi Matrix, como todo jovem da minha idade, e também o Vingador do Futuro. Nesse filme, implanta-se uma memória no cérebro e a pessoa não sabe se ela viveu tudo aquilo de que se lembra ou se são somente fantasias: ela não sabe mais se é uma pessoa comum com uma vida sem graça ou um agente secreto em missões perigosas para salvar o mundo.

Não pude deixar de notar como ele acentuou a palavra "jovem". Respondi, não de maneira seca, mas com brevidade:

— Eu sei. Assim como sei que, um dia, você lerá os contos que deram origem a esses filmes.

E, com alguma nostalgia, prossegui:

— Sei que você quer ser contista. Mas te faltarão os enredos. E você acabará preferindo a metáfora ao conceito, o ritmo do poema ao argumento em prosa. Não conseguirá sair da filosofia, cujo estudo te interessa mais pela complexidade das ideias do que pelo que ensina sobre os seres humanos (eu teria dito, quando jovem: os homens), para retornar à literatura, o grande prazer da tua vida. A literatura permanecerá no horizonte, como um desejo irrealizável. Sempre que você tentar se aproximar, uma obrigação premente te afastará dela.

Estremeci diante do seu olhar flamejante na escuridão. Tive a sensação esquisita de que ele me olhava com um misto de indiferença e desprezo, como se eu tivesse me transformado num ser decrépito ou num cadáver, como se eu não passasse de um fogo-fátuo no cemitério. Dei-me conta de minha idade avançada e de como minha morte não está tão distante. Refugiei-me, por um tempo, nas reflexões inócuas sobre a natureza desse mesmo tempo que eu procurava preencher enquanto me recompunha.

Preferi voltar a memórias compartilhadas, para sentir-me mais próximo desse jovem que se apresentava diante de mim, como se isso me fizesse rejuvenescer.

— Lembro-me até hoje de quando mal tinha feito dezesseis anos e tive uma hepatite. Com frequência, eu pensava na morte, não com medo de morrer, mas com medo de que eu não viesse a me tornar escritor. Eu compilei diversos contos que eu tinha datilografado e mandei encadernar três exemplares. Perdi um, mas ainda conservo, em algum lugar escondido nas minhas estantes, os outros. O que não entendo é que nunca os encontro, mas eles têm de estar lá. Nesses contos estão meus principais devaneios de adolescência. Sonho em encontrá-los um dia, porque eu gostaria de poli-los, de lapidá-los. Talvez seja possível fazer uma bela joia a partir dessa matéria bruta. Você não teria, por acaso, um desses exemplares?

Percebi que ele, a essa altura, estava distraído e, portanto, não estava me ouvindo.

Meu colega, entretanto, dava sinais de profundo interesse na conversa. Ele até voltou a se posicionar mais para a frente, quase ao meu lado. Confesso que senti um desconforto com a situação, um desconforto ainda maior do que quando ele se movia para trás, afundando-se na sombra. Não pude evitar a fantasia dolorosa de que ele pensava que eu estava alucinando uma conversa comigo mesmo. O que para mim era um assombro, para ele era diversão. Com seus risinhos e pequenos gestos, ele fazia com que eu me atrapalhasse cada vez mais.

Nessa cena toda, nada se encaixava. Era evidente que o jovem candidato, que eu via com nitidez à minha frente, e eu, um professor à beira da aposentadoria, não éramos as mesmas pessoas, pois ele não tivera a experiência que eu tive. Minha experiência era completamente inútil, porque era, para ele, a experiência de outra pessoa. Disse-lhe, então:

— Você conhece a história de Alexandre, o Grande? Preparando sua expedição e convidando grandes filósofos para integrar sua comitiva, Alexandre foi ter com Diógenes, o cínico, que tomava sol no alto de uma colina. Chegando lá, Alexandre perguntou-lhe se ele queria fazer parte da expedição e se dispôs a fazer-lhe o favor que quisesse. Diógenes declinou do convite, dizendo, por sua vez, que Alexandre poderia de fato fazer-lhe um favor. "Qual?", o Rei perguntou. Diógenes respondeu: "Você poderia fazer o favor de sair da frente do sol, pois está fazendo sombra". Alexandre teria então comentado: "Se eu não fosse Alexandre, eu gostaria de ser Diógenes".

Estaria eu com inveja da juventude daquele jovem que, no fundo, era eu mesmo? Como eu poderia ter inveja de mim mesmo? Gostaria eu de reviver tudo o que tinha vivido? Enquanto eu ainda pensava nisso, ouvi sua resposta.

— Não, não conheço essa história.

Aproveitando a deixa, meu colega disse somente uma breve frase (outra fala de um boneco no colo de um ventríloquo), querendo me diminuir:

— É narrada por um autor frívolo.

O candidato ignorou esse comentário, mordaz e certeiro, e, sempre dirigindo-se apenas a mim, continuou:

— Conheço, entretanto, outra história sobre Alexandre, o Grande. Na véspera de uma batalha decisiva contra os persas, Alexandre reuniu seus generais para decidir a estratégia da batalha. No meio da discussão, um dos generais propôs, com ousadia, sua estratégia: "Se eu fosse Alexandre, eu atacaria pelo meio". Alexandre, então, respondeu: "Se eu fosse general, eu atacaria pelo meio...".

Àquela altura, eu estava realmente cansado e não tinha mais condições de conversar comigo mesmo. Meu colega, que deveria ajudar-me, somente contribuía para tornar aquele encontro mais embaraçoso. Então, de repente, o jovem candidato perguntou:

— Você não se lembra de ter sido entrevistado por si mesmo, na juventude?

Outro golpe imprevisto. Como isso me escapara? Procurei me recompor e responder à altura.

— Não. Mas isso não impede que sejamos, em momentos distintos da vida, uma única pessoa que se encontra a si mesma, nalguma justaposição temporal alternada de uma sequência da juventude com uma sequência da velhice, exatamente nesta mesma sala, que continua igual após décadas.

Essa explicação pareceu não o convencer. E como poderia? Continuei:

— Mas pode ser também apenas uma falha da minha memória, que está cada vez mais fraca. Para ser franco, assim que começamos a conversar me veio aquela sensação de déjà vu, como se eu já tivesse vivido esta mesma situação, só que ao contrário: eu estava sentado exatamente aí, onde você se encontra agora. Talvez por causa dessa diferença de perspectiva, eu não me lembre de nada. Se eu estava sentado nessa cadeira em que você está agora, com a janela à direita, como eu poderia me lembrar de estar sentado nesta cadeira, deste lado da mesa, com a janela à minha esquerda?

Ele me olhou, então, com um olhar desconfiado. Não sei se achou que eu estava sendo sincero ou se pensou que minha explicação não era boa. Procurei na literatura uma explicação melhor.

— Pode ser que o futuro interfira no passado e, então, alterando minimamente algum elo causal, modifique o futuro. Ray Bradbury tem um conto sobre como relações causais insignificantes podem se tornar determinantes. Uma coisa aleatória pode se tornar essencial no curso dos acontecimentos. É uma questão de tempo.

Dei uma pausa para ver se ele me ouvia. Fiquei surpreso e feliz ao ver que sim. Animei-me ingenuamente e, como uma criança, me pus a falar do conto:

— Durante uma eleição, um viajante entra numa agência de viagens no tempo e volta para o passado; como não se deve alterar o passado, sob risco de alterar o futuro, é preciso andar sobre uma plataforma invisível; no entanto, ele se assusta com um dinossauro e pisa fora da plataforma; uma flor morta fica grudada em seu sapato; quando ele volta para o presente, o candidato favorito estava preso e, no seu lugar, ganhou um candidato inexpressivo e fascista. Também o português foi alterado e, na agência de turismo que planejou a sua viagem, estava escrito "Brazil", com "z" e não com "s". Esta entrevista, pela qual eu talvez não tenha passado, pode alterar o seu futuro. Quem sabe se para melhor ou para pior?

O jovem, para minha surpresa, saiu-se com uma notável observação sobre Bradbury, o mais poético dos escritores de ficção científica.

— Outro conto dele está sempre em minha mente. O cenário é Los Angeles, onde ninguém anda na rua. Um homem solitário gosta de passear todas as noites, após o jantar, vendo as estrelas. Um dia, um vizinho o vê caminhando e, por causa desse comportamento tão estranho, telefona para a polícia. Em alguns minutos, um carro de polícia encosta ao seu lado e o leva preso, como se andar a pé sob a lua fosse um crime, um gesto de revolta, um ato revolucionário.

— Curioso que precisamente esse conto tenha te chamado a atenção. Eu mesmo tive uma experiência similar, mas não em Los Angeles, e sim em Londres. Eu caminhava sempre após o jantar. Uma noite, fui abordado por dois policiais. É que eu havia parado, sem dar-me conta, em 10 Downing Street, residência do primeiro-ministro inglês. Três pessoas, cada uma em sua casa, me viram ali e, como eu não ia embora, me tomaram por algum terrorista prestes a colocar uma bomba na casa do primeiro ministro. Todos telefonaram preocupados para a delegacia, que, por sua vez, acionou os policiais. Estes foram extremamente gentis comigo. Queriam saber se eu estava perdido ou se precisava de alguma ajuda. Fiquei surpreso que a casa do primeiro ministro fosse protegida por apenas dois policiais desarmados.

Não sem alguma afetação, ele me disse:

— Você deve ter lido esse conto e imaginado que viveu essa experiência. Chama-se "O pedestre" e está em *Os frutos dourados do sol*.

— Nunca li esse livro. Você, no entanto, se prestar atenção ao que digo, poderá evitar a vergonha de ser confundido com um terrorista.

Ignorando meu segundo comentário, ele disse:

— Como não leu, se você acha que somos a mesma pessoa? Tem certeza de que você andava sozinho por Londres à noite, quando na verdade é somente uma reminiscência desse conto que se faz passar por realidade?

Confesso que esse comentário foi um baque para mim. O que ele dizia tinha fundamento. Pode ser que aquele episódio de minha vida tenha sido somente um sonho sugerido pela literatura. Comecei a pensar quantas coisas na minha vida estavam atreladas às coisas que lera, como eu tinha passado por certas experiências cujo sentido só pude apreender muito depois, graças ao olhar penetrante dos grandes observadores do ser humano, os escritores. Muitas vezes, uma pessoa não sabe qual foi, exatamente, a sua experiência, até que a leia num livro, escrita por alguém que sequer a conhece.

Olhei para o teto. Vi uma luminária bem barata, que difundia uma luz esbranquiçada, fria e desagradável pela sala feia e despojada. Dei-me conta do lugar em que estava. Fiquei pensando sobre essa terrível entrevista.

Não tinha um sentido filosófico libertador. Não era como se eu saísse da caverna de Platão para uma luz resplandecente e ofuscante, como se eu acordasse de um sonho e percebesse a realidade. Eu mesmo poderia ser uma mera imaginação de outra pessoa. Estou aqui narrando uma conversa comigo mesmo quando jovem em alguma improvável dobra do tempo? E se esse eu velho, que escreve este conto, não passasse de um narrador imaginado por esse eu jovem, o único que realmente existe?

Parece natural que um velho escreva sobre um encontro consigo mesmo quando jovem. O leitor engole essa ficção com mais facilidade. De alguma maneira, o jovem ainda está presente no velho como algo real. Mas como reagiria o leitor, se esse jovem eu ficasse a imaginar como seria quando estivesse à beira da aposentadoria? Quem jogaria fora sua juventude em troca de uma velhice avassaladora e triste?

Quanto tempo da minha vida desperdicei com reflexões filosóficas inúteis? Quanto tempo da minha vida desperdiçarei com reflexões filosóficas inúteis? Pouco importa se ainda sou jovem ou se já sou velho. Embora essa seja mais uma questão filosófica inútil, não é desprovida de um significado psicológico ou existencial: o que eu fiz com a minha vida? Sim, essa é a pergunta: o que fiz com minha vida? No que me tornei?

Olhei para o meu relógio.

A hora já estava bem adiantada. Dei a entrevista por encerrada e aquele jovem, que eu presumia ser eu mesmo, desapareceu instantaneamente, sem apertar minhas mãos, sem nem mesmo se despedir do meu colega, a quem não dirigira o olhar uma vez sequer, como se este não existisse.

Na minha juventude, eu ainda não via meu colega. Como, então, esse eu jovem poderia vê-lo agora? Ele poderia me ver, porque sou tão real quanto ele, apenas existimos, suponho, em diferentes momentos do tempo que, por alguma razão insondável, se cruzaram. Mas ele não poderia ver meu colega, que habita outro tipo de realidade. Para mim, no entanto, meu colega era bem real. Talvez ainda mais real do que o jovem com quem eu acabara de conversar.

O que direi agora pode parecer paradoxal, mas não é. Talvez seja apenas triste. Fiquei a sós e virei-me para meu colega. É como dizer: sou filho único e tenho um irmão em Piracicaba.

Pior, tal é nossa semelhança física, que é como se ele fosse meu gêmeo univitelino. Ele me acompanha o tempo todo, onde quer que eu vá. Aparece em todas as situações, até no banho e na cama. Dada essa relação umbilical, mesmo que ele seja uma espécie de tormento para mim, não consigo deixar de conversar com ele. Assim, como quem conversa consigo mesmo diante do espelho, perguntei-lhe:

— O que lhe pareceu?
— Um bom candidato.
— Mas?
— Mas excessivamente parecido conosco. Tem nossa voz, nosso rosto, uma parte de nossa história e ainda conserva a juventude e o futuro que perdemos. Como nós, não ouve conselhos, é teimoso e acha que já sabe muito. A conversa que você tentou travar com ele foi patética.
— Aprovamos ele?
— Qual a alternativa?

Fiz as anotações finais, terminei a lista com a classificação dos candidatos, juntei os papéis e os levei à secretaria. A noite já caíra e o céu estava aberto, mas, por causa da luz da cidade, não era possível ver as estrelas. Bateu-me uma saudade da época em que eu até identificava algumas delas. Mesmo longe da cidade, minha miopia me impede de ver com nitidez o céu estrelado. O infinito, para mim, é turvo.

Lembrei-me da primeira vez, aos dezessete anos, em que olhei para a Lua e vi duas delas, como se fosse uma imagem dobrada numa televisão que não capta bem os sinais transmitidos. Foi o primeiro sintoma da minha miopia. Depois, eu não conseguia mais enxergar os ponteiros de um relógio que ficava na sala de televisão quando eu estava na sala de estar. Era nesse relógio antigo, uma relíquia da família, que eu via as horas. (Por que não mencionei esse relógio para aquele jovem?) Eu não entendia o que estava acontecendo comigo. Cada vez mais eu só conseguia ver o que estava perto de mim, enquanto o mundo distante e o tempo desapareciam.

Indo para o carro, meu colega continuava a me acompanhar, sombrio e silencioso, sempre um pouco atrás. Abri minha porta e a fechei com pressa. Quando me sentei e pus a chave na ignição, ele, que não precisa abrir a porta para entrar no carro, já estava no banco de passageiro, sempre com aquele sorriso meio perverso na boca.

A entrevista

Ainda era noite quando acordei. Vesti-me rapidamente, mal comi um pão envelhecido, dei um gole de leite e saí para pegar o metrô. As ruas estavam vazias. Parecia até sábado. Dormira tarde, me sentia febril, mas mesmo assim mantive meus planos e fui até lá. Eu estudara e me preparara com cuidado para a entrevista. Fiz um curso de astrologia, reli a Bíblia, pelo menos muitas passagens que me pareciam conter ensinamentos importantes. Como aquela em que a mulher ajuda o marido a engravidar uma escrava. Preciso me lembrar dos nomes dos envolvidos. Como se chamavam mesmo? Saul? David? Sara? Raquel? E aquela em que Deus, para testar a fé de um pobre coitado, comete as maiores atrocidades com ele? E ainda dizem que é infinitamente bom... Em homenagem a Noé, tomei uns tragos. Imaginei o que diriam desse alcoólatra os vermes que corroem sua arca.

Concedendo aos avanços científicos dos últimos séculos, estudei um pouco de física e química, mas me dediquei mesmo à alquimia. Que fim levou a busca da pedra filosofal? Não deixei de lado meus estudos de história da humanidade. Esses eram os mais importantes. Vemos nela toda a miséria do ser humano. Li sobre a caça às bruxas, os adventos da peste negra e da gripe espanhola, o incêndio de Lisboa. Desci aos porões dos navios negreiros. Detive-me em particular nos regimes totalitários do século XX e seus extermínios em massa. Achei que me perguntariam mais por aí. Só por precaução, no caso de ser examinado sobre questões contemporâneas, atualizei-me sobre o genocídio dos Yanomami e sobre a invasão da Ucrânia.

Eu também não podia ignorar, na minha preparação para aquela entrevista, a medicina, com todas as doenças do corpo, e a psicologia, com os sofrimentos da alma. Diverti-me lendo o *Manual diagnóstico e estatístico de transtornos mentais* e todas as classificações e sintomas das doenças psiquiátricas. Identifiquei-me com inúmeras doenças ali descritas, chegando a ter certas sensações que, obviamente, não sentia. Sempre fui muito sugestionável. Li com atenção as bulas dos antidepressivos, anotando um por um todos os efeitos colaterais nelas descritos. Aquilo me deliciava. Pensar que uma pessoa, para não se sentir mal, teria de experimentar enjoo, tontura, perda do apetite sexual, aumento de peso...

Repassei mentalmente todas essas informações sobre a desgraça humana e caminhei animado, se não feliz, até a estação de metrô, na expectativa de obter o que eu queria na entrevista que ocorreria logo mais. Pode parecer estranho, mas o final deste conto dependerá do seu resultado.

O lugar da entrevista era bem longe, num bairro que eu sequer ouvira falar o nome. Algo como Itapiraporã. Ficava na Rua Alain Posteur, 66, casa 6, em homenagem a um suposto ator francês, mas, como vim a descobrir depois, não passava de um charlatão. Consultei um mapa para ver como chegar lá. Como de hábito, peguei a linha vermelha do metrô. Fiz baldeação e entrei numa linha desconhecida. Eu pegava aquela linha pela primeira vez e tinha de descer na última estação. Depois do metrô, ainda demoraria cerca de quarenta minutos de ônibus. Felizmente, ele chegou logo. Eu estava nervoso e não consegui sentar. Fui de pé, balançando para um lado e para o outro, sentindo aquela vibração de um motor desregulado e pulando pelas ruas esburacadas. Assim vai o mundo, aos solavancos e mal remendado. Eu tinha de lidar com ele da melhor maneira possível. Pelo menos, eu tentava fazer isso da minha maneira. Desci do ônibus. Caminhei empurrado pela ansiedade. Agora só me faltavam mais trinta minutos para chegar onde Judas perdeu as meias, porque, como diz a piada, as botas ele já tinha perdido havia muito tempo. Judas, pensei enquanto caminhava, talvez perguntem sobre ele. Preciso ter uma resposta inteligente. Quem foi na verdade esse Judas? O que sabemos dele? Em algum lugar que já não me recordo, li que Judas, e não Cristo, teria sido o verdadeiro filho de Deus e que teria feito o supremo sacrifício de apresentar-se como um traidor para levar os homens a Deus. Se Deus se fez carne, deveria ter se tornado o último dos homens, não um homem virtuoso, porque isso não seria se rebaixar o suficiente. Para levar os homens a Deus, Judas deveria enveredar pelo caminho mais torpe. Escolheu o de traidor.

Esses assuntos teológicos são muito obscuros. A vida é muito curta para compreendê-los. No entanto, confesso que sempre senti um estranho fascínio e uma intensa atração por essa ideia: o caminho para Deus passa pela torpeza... Se me perguntassem sobre Judas, pareceu-me que essa seria uma boa resposta, mesmo se não fosse minha. Perdido nessas ideias e num bairro desconhecido, cheguei a meu destino. Bati muita perna para chegar lá.

O sol já estava alto e abrasador. A fila dobrava a esquina. Minha primeira impressão foi negativa, quase de desânimo. Afinal, eu tinha mandado meu curriculum e agendado data e horário para a entrevista às nove da manhã, no primeiro horário, antes das outras entrevistas, evitando que, se porventura demorassem muito, atrasassem a minha. Entrei aborrecido no fim da fila e cumprimentei a pessoa à minha frente. Enquanto isso, olhava fixamente para a porta de entrada. Pelo tamanho e ritmo da fila, poderia calcular o tempo que levaria para entrar. Passaram-se uns quinze minutos. Ninguém entrou, a fila não se moveu.

Numa estimativa bem imprecisa, se entrasse uma pessoa a cada vinte minutos, eu não seria atendido antes do meio-dia. A ideia de longas horas pela frente já me entediava a espera.

Pensei: não terminarei nunca este conto.

De repente, a fila começou a andar. Minha ansiedade passou e, quando abriram a porta, tudo me pareceu estar bem organizado. Nossas opiniões dependem do funcionamento das coisas.

Foram atendidos somente aqueles que, como eu, haviam agendado a entrevista. Quem apareceu de última hora teve de continuar esperando do lado de fora. No entanto, recebi somente uma senha e um horário. Só seria atendido às 11h45. Por que já não agendaram o atendimento para mais tarde? Parecia que faziam isso de propósito, só para nos irritar ou, pior, nos testar. Talvez fosse isso: um teste para ver nossa reação em situações adversas, e não desorganização. Não é só Deus quem testa seus fiéis. Eu precisava de paciência.

De qualquer forma, até a entrevista, eu estava livre para vagabundear por um bairro feio, sujo e perigoso. Eu devia ter trazido um livro, pensei. Numa banca, comprei um jornal. Ao digitar a senha do cartão, brinquei com a vendedora: a gente paga para ler mentiras. Fui até uma padaria. Pedi um pão com manteiga e um pingado. Sentei-me. Pedi uma água, enquanto lia o jornal. Outra água. Uma cerveja. Pus o jornal de lado e fiquei pensando no final deste conto. Não me ocorria nenhuma ideia. Na parede, havia um relógio. O tempo voara e apressei-me para não atrasar.

Quatro pessoas entraram comigo. Apontando cadeiras desconfortáveis, um atendente pediu para esperar mais um pouco. Cada um seria atendido na sua vez, por ordem da senha. A minha era a última.

Despertou-me, então, uma curiosidade. Intrigava-me ver tanta gente ali. Gente que havia acordado muito mais cedo do que eu.

Gente que se preparara provavelmente melhor do que eu. Uma vez, vi na televisão um jogo de tênis. Ouvi o comentarista dizer que não basta ter vontade de vencer, é preciso ter vontade de treinar para vencer. Talvez um lugar-comum, mas que eu nunca tinha ouvido. Pareceu-me que minha vontade de vencer era maior do que minha vontade de treinar para vencer. Ou, ao contrário, porque me faltava vontade de treinar para vencer, eu estava procurando um caminho alternativo, e mais fácil, para vencer.

Mas isso não é inteiramente verdade. Havia muito que eu travara e não conseguia terminar este conto. Estava virando uma obsessão. Quanto mais tentava terminá-lo, mais difícil ficava. Deixei-o na gaveta, esperando que o tempo resolvesse meu problema. Foi inútil. Em vez de me trazer uma nova ideia, o tempo me fez esquecer as velhas. E, ao retomá-las, eu estacava exatamente no mesmo lugar de antes. Por isso, como já disse, eu me preparara com afinco para aquela entrevista. Diversas vezes, para estudar mais, não hesitei, à noite, em adiar meu sono e, de manhã, em interrompê-lo cedo, sacrificando minha saúde e bem-estar. Se não adiantava gastar meu tempo na redação deste conto, eu precisava buscar uma ajuda externa. Afinal, todo esportista tem sua equipe técnica. Por que eu não poderia ter a minha também?

Examinei o rosto das pessoas ali na sala de espera. Ao meu lado, sentou-se o homem que estava na minha frente na fila quando cheguei pela manhã. Era um homem já entrado em anos. Seus olhos eram tristes, a expressão abatida, com muitas rugas numa pele ressecada pelo sol e pela falta de cuidados. Entabulamos uma rápida conversa. Só dizia banalidades. Invadiu-me um tédio, a vida desse homem devia ser um tédio completo.

O que ele estava fazendo naquele lugar sinistro? Parecia estar ali por acaso. Ou por desespero. Estava desempregado, não tinha muita qualificação. Era alguém sem nenhuma chance de obter algo além de migalhas. Cheguei até a me sentir um pouco melhor, porque me senti superior. Minha aparência não era a de um pobre coitado como esse. Minhas chances aumentavam...

Do outro lado dele estava uma mulher gorducha. Razoavelmente bonita, com batom vermelho carmim e cabelo armado. Vestia-se de modo decente, mas exagerado, com um vestido de mau gosto e chamativo. Sentada ao lado dele, o contraste era gritante. Estava na cara que ela sabia porque tinha vindo até ali. Talvez uma secretária cuja grande ambição seria casar com o chefe? Teria a expectativa de que ele se divorciaria por ela? Esse era um clichê. A seu respeito, não consegui pensar nada além disso, por mais que a examinasse com o canto do olho. Minha incapacidade de imaginar qualquer coisa que não fosse um clichê sugeria que havia ali somente uma ilusão vulgar, um autoengano deliberado.

Como eu poderia ter ido para ali, no mesmo lugar que ela? Ao apresentar-me para a mesma entrevista, estaria eu me rebaixando? Não, eu não poderia me rebaixar a tanto. Para minha própria satisfação e gozo, fiquei repassando — e saboreando — todas as vantagens que eu tinha sobre ela. Certamente, minha alma valia mais.

Na minha frente, contudo, estava o rosto de um homem totalmente diferente. Relativamente jovem, bem vestido, cabelo cortado. Via-se que ele tinha se esmerado para apresentar-se ali da melhor maneira possível. No entanto, a sua aparência era muito convencional. Faltava-lhe qualquer ideia, como denunciava seu terno cinza e seu rosto inexpressivo. Bastava-lhe seguir um modelo, fazer o que ele pensava que se espera dele.

A seu lado estava outro homem, mais jovem, mas não muito. A expressão revelava mais ambição. Olhava, às vezes, para longe, para o futuro. Depois, voltava a olhar fixamente para seu interlocutor, para assegurar-lhe que estivera ali presente o tempo todo.

Dava a impressão de ser eficiente e solícito, sob um indisfarçável ar de cinismo.

Logo entabularam uma conversa. Estiquei os ouvidos. Abriram o seu coração um ao outro e, sem o perceber, também para mim. O homem de cabelo curto pediria muito dinheiro, uma vida de luxúria, enquanto o mais jovem e ambicioso pediria o posto de gerente na loja que trabalha. Queria dar um passo maior que a perna. Não pude evitar um sorrisinho sarcástico.

Depois, não se contiveram e começaram a destilar veneno. O primeiro, deliciando-se, falava com a boca cheia: "Pobre não votou em fulano? Então, tem que se ferrar!". O outro retrucava: "não basta ser feliz, é preciso que os outros se fodam também".

Eram o tipo de pessoas que eu imaginara encontrar ali, naquela saleta de espera.

A conversa corria solta quando, tendo sido chamada antes de todos, a mulher levantou-se e sumiu por uma porta. A aproximação da minha entrevista reanimou-me. Senti-me, então, ainda mais confiante: ali era mesmo o lugar certo para mim. Absorto em meus pensamentos, começava a imaginar o final de meu conto. Receberia prêmios literários. Eu já me congratulava. E, relaxado, esticava-me naquela cadeira desconfortável.

Os dois homens se viraram para mim. Perguntaram, quase ao mesmo tempo, o que eu estava fazendo lá, eu que parecia uma pessoa instruída, com cara inteligente, de bem com a vida. Fiquei envaidecido com os elogios, o que me fez abaixar a guarda. Respondi-lhes que eu daria uma perna para o Diabo para terminar este conto. Sempre que chego na parte da entrevista com o Diabo, não consigo entrar na sua sala. Travo. Não sei como descrevê-lo, não sei que expressão terá no olhar, qual a sua postura, o que vai exigir de mim. Escrevo e reescrevo até esta saleta de espera. Aí, empaco. Como uma mula.

Por alguma razão que me escapou, os dois homens começaram a rir. Riam como dois ignorantes, com aquele ar abrutalhado de quem está no poder e sente que pode fazer o que quiser sem risco de punição. Riam solto. De dar inveja. Senti inveja. Senti-me mal. A arrogância cedeu lugar a uma sensação de inferioridade.

Tentei recuperar-me. Sentir inveja? Ah, que delícia sentir inveja! Um dos pecados capitais. Eu não estava ali precisamente para dar inveja aos demais, eu que não tinha nunca dado inveja nem mesmo ao cão fedido lá de casa? Mesmo ali, na boca da botija, eu continuava me preparando para a minha entrevista, tentando dissecar as entranhas da alma humana, do que somos capazes de fazer, em particular do que fazemos de pior.

A questão que o riso deles me colocava é: seria eu capaz de vender minha alma ao Diabo para terminar este conto? Será que ele me pediria para maltratar pessoas? Torturá-las? Sinto-me capaz de muitas maldades. Já fiz várias. Bato no meu cachorro sarnento quando ele destrói uma almofada do sofá. Mas não sei se sou capaz dessas maldades de causar horror. Pelo mero desfecho de um conto, espero que ele me cobre menos. Bem menos.

Chamaram, então, o senhor mais idoso, cheio de rugas, e, logo depois, o homem bem vestido e de cabelo cortado.

Essas pessoas entravam numa sala mais escura, aparentemente sem janelas. Eu tentava enxergar algo quando a porta se abria, mas não dava para ver nada. Tampouco vi algum deles sair. Deviam ter saído pelos fundos, para que não pudesse haver comunicação com quem ainda estava por ser entrevistado. Nada mais natural. Deve-se evitar esse contato. É uma regra elementar. Mas isso só aumentava a minha ansiedade e o mistério que pairava em torno dessa entrevista.

Chamaram, finalmente, o outro homem, aquele mais jovem e ambicioso. Em seguida, seria a minha vez. Continuei sentado, esperando, tentando imaginar como seria a entrevista. Não conseguia. Se conseguisse, não precisaria estar ali. Não adiantava eu espernear. Desde que decidi satisfazer minha vaidade e perseguir minha ambição, esse era o caminho a seguir. Depois de andar sobre minhas próprias pernas, eu precisaria dar uma delas ao Diabo. Não me entendam mal. Não sou ateu. Acredito em Deus. Mas também acredito no Diabo. Para mim, terminar este conto era também uma questão prática, com seu lado comercial. Crer ou não crer em Deus sempre me pareceu indiferente para essas questões pecuniárias. Não compro numa loja porque o vendedor é católico, evangélico, judeu ou o que for. Compro porque quero um produto. Eu achava que eu compraria um produto melhor e mais barato na loja do Diabo. Finais felizes são piores do que finais trágicos. Além disso, Deus exige a eternidade. Mas só ele é eterno. O Diabo me exigiria menos. Quando muito, exigiria o tempo da minha vida, mas decerto seria bem menos do que isso. Eu só precisava saber se eu tinha aquilo que o Diabo me exigiria pelo desfecho que eu lhe pediria. É por isso que eu fui me entrevistar com o Diabo, que, aliás, acaba de me chamar.

 A entrevista, na minha imaginação, seria excitante. Frustrei-me completamente. Primeiro, não foi o Diabo quem me recebeu. Em seu lugar, estava Mefistófeles. Parece que nosso contato com as divindades se faz sempre por um intermediário. No caso do Diabo, por um atravessador. Mefistófeles estava com um aspecto enfastiado, o que diminuía a impressão de que ele tinha cara de mau. Olhava para baixo e, embora fosse alto e forte, parecia um pouco corcunda. Faltava-lhe uma expressão imponente. Em suma, não se assemelhava em nada às representações que temos dele.
 Havia uma poltrona velha, que deve ter sido confortável em outra época. Esperei para saber se eu devia me sentar. Mefistófeles não disse palavra. Ele sequer me olhara. Parecia não estar

ali, era uma ausência. E eu deveria parecer uma miragem para ele. Mesmo se eu fosse um rei, ele não teria me percebido. Talvez fosse sua estratégia para subir o preço que eu lhe pagaria depois. Sentei-me.

Mefistófeles pareceu grunhir algumas palavras. Não consegui escutar o que dizia. Aparentava um mau humor insuportável. Tive a impressão de que mexeu o olhar, balançou de leve a cabeça, saindo de seu torpor. Num primeiro momento, julguei que, ao olhar-me de soslaio, não vislumbrou nenhum prognóstico favorável em nossa negociação. Deveria achar que não ganharia nada comprando a minha alma. Talvez o cansaço de uma noite mal dormida, a fome que se abateu sobre mim, a longa espera, primeiro debaixo de um sol progressivamente tórrido, depois numa padaria suja e, por fim, a consciência — adquirida na sala de espera — de que também eu era um pobre coitado, deveriam ter-me deixado com cara de desanimado. Faltava-me um espelho, naquele momento, para confirmar se eu aparentava essa expressão desoladora. Na alma, contudo, eu me sentia um fracassado e essa sensação se impunha a mim.

Com voz aborrecida e indiferente, perguntou-me: "O que você quer?", como se já não soubesse o que eu queria. Ora, eu queria o que todo mundo ali queria: vender a alma em troca de alguma coisa, no meu caso, de um mísero conto, e nem precisava ser um conto inteiro. Bastava-me o final. O resto eu já tinha.

Eu tentaria negociá-lo por um preço honesto. Um preço baixo, quero dizer. No fundo, eu não tinha essa expectativa de pagar pouco. Imaginava que o Diabo nunca cobrasse um preço baixo, que sempre saía ganhando nos negócios que faz. Talvez o seu prazer fosse não só comprar a alma, mas consegui-la a um preço injusto. A graça estaria em humilhar a pessoa, em fazer com que ela se submetesse de joelhos, em passar a perna nos outros.

Eu estava disposto a pagar esse preço imoderado, mesmo que meu pedido fosse modesto. Era modesto? Pensando bem, ficar cara a cara com o Mal não é fácil. Enfrentar diretamente o Mal é para poucos. Eu estava ali, Mefistófeles estava diante de mim e ainda não havíamos nos encarado, olho no olho. Nessa situação, o que fazer? Agora, era tarde. Tomei coragem e levantei os olhos, fixando-os nos seus olhos.

Minha frustração foi, de novo, grande. Ele continuava a olhar para o lado, distraído. Não estava interessado na minha alma. Seu desinteresse não pareceu mera estratégia de um hábil negociante. Ali abundavam almas vendidas, almas de todos os tipos, almas certamente mais valiosas do que a minha, inclusive almas que poderiam causar mais sofrimento, espalhando o mal pelo mundo. Tantas pessoas iam ali, ter com ele e entregar de bandeja a sua alma, que ele estava entediado com aquela rotina.

Olhando-o, pensei que não era bem isso, não é que ele não aguentava mais comprar almas. Talvez ainda comprasse com prazer várias, se houvesse, por exemplo, algum desafio nesse negócio. Eu não sabia se aquelas quatro pessoas que estavam comigo na sala de espera e todas as outras que entraram antes de nós, e todas as outras que vieram nos dias anteriores, tinham conseguido vender suas almas. As negociações tinham sido levadas a bom termo? Quanto o Diabo cobrou pelo que desejavam? Quanto elas tinham para pagar-lhe? Quem sabe o quanto vale uma alma?

Talvez, no meu caso, houvesse um problema mais grave. Por que, afinal, o Diabo se interessaria pela minha alma, se, num certo sentido, ele já a tinha, sem ter pagado nada por ela? Ao longo de minha vida, eu me deleitei com o sofrimento humano, nutri--me dele, usei a miséria dos humanos com um prazer mal disfarçado. E, para arrematar, não estudei com afinco e não percorri aquele caminho todo só para estar nessa entrevista? Isso não lhe bastaria? O que mais ele poderia querer?

Imerso nessas dúvidas, pensei que a minha alma não valia nada nem para o Diabo. Tentei consolar-me nestes pensamentos: ele não comprará minha alma; ninguém pode comprar o que já é seu; minha alma não está à venda. Eu não conseguiria o final do meu conto. Paciência. Não estava grande coisa mesmo. Se ele quiser comprar minha alma, que venha em pessoa. Enchendo-me de brio, olhei com raiva para Mefistófeles.

O desejo de terminar meu conto não desaparecera. Ao contrário, conforme eu me aproximava do local e a entrevista se tornava iminente, a ansiedade aumentava. Fui ficando cada vez mais disposto a pagar qualquer preço, por mais exorbitante que fosse. A chama da maldade, que nunca se apagara por completo do meu peito, se reacendera com força ao chegar a minha vez. Meu coração ardia. Lembrei-me daquele livro em que o inferno é representado não como um lugar excessivamente quente no qual acontecem atrocidades, mas como o coração em chamas dentro de nós. Não importa aonde se vá, o coração arderá no peito do mesmo modo. O fogo, ao consumir a madeira, extingue-se a si mesmo, mas esse fogo que nos consome por dentro é eterno. Durará enquanto a alma durar. É uma sede inesgotável. O inferno é o nosso coração. Eis sua grande atrocidade: não há como livrar-se dele.

A presença silenciosa e desagradável de Mefistófeles me impunha esses pensamentos morais e cristãos. Fiquei impressionado com a capacidade do Diabo de nos fazer pensar. Ele põe o nosso cérebro para trabalhar, impingindo uma sequência avassaladora de pensamentos desconexos e incontroláveis. Ele nos faz mergulhar em nossa própria alma como ninguém. Consegui ver meu coração em chamas, consegui sentir as chamas me queimarem por dentro. Confiante e ousado, decidi aceitar toda a maldade de que sou capaz em troca do que desejava.

Como, diante dessa rendição completa, ele não me olharia com vivo interesse? Piscou os olhos e virou seu rosto em minha direção. Tinha cílios grandes. Aquilo me atrapalhou. Fiquei intimidado. Ainda assim, mantive meu olhar fixo, para mostrar-lhe que eu não tinha medo dele, que eu estava disposto a obter o final de meu conto, custasse o que custasse. Seu olhar, contudo, era doce e afetivo, não o de um ávido negociante.

Relaxei. Até me ajeitei um pouco na poltrona velha. Agora, ela nem parecia tão encardida assim. Outros pensamentos me ocorreram.

Pensei que nesta vida a melhor maneira de lidar com nossos desejos é satisfazê-los, sem tentar lhes resistir ou suprimi-los. Não seria por isso que tantas pessoas vinham ter com o Diabo? Não haveria nisso uma espécie de sabedoria popular? O Diabo é a perturbação que nossos impulsos nos causam. Ele está presente em todas as nossas aspirações e em cada propósito que temos. A cobiça não deixa de ser, ao seu modo, diabólica. Talvez a ambição seja a forma suprema assumida pelo Diabo. Em suma, ele se disfarça em todo tipo de personagem. Seria essa a razão pela qual tem tantos nomes?

Não há solução. Nossa única alternativa é satisfazer os desejos, suavizar os impulsos, ir atrás daquilo a que nos propomos. Só assim poderemos contentar-nos e ficarmos serenos. Meu desejo premente precisava ser aplacado, mesmo que depois outros viessem a tomar o seu lugar. Ao pensar essas coisas, uma urgência tomou conta de mim. Depois, não pensei em mais nada.

Foi quando Mefistófeles recobrou o ânimo. Endireitou-se na sua poltrona de cetim vermelho, levantou a cabeça e, com um brilho no fundo dos olhos, me perguntou: "você não quer ir tomar uma cerveja?".

As estátuas dos discípulos de Buda

P. entrou na delegacia de polícia por volta das três da tarde. O chefe de polícia, vendo-o com olhos atônitos e esbugalhados, sob um chapéu Panamá, ar irrequieto, gestos agitados, passos curtos e incertos, logo imaginou que se tratava de mais um turista roubado. Perguntou-lhe qual era a queixa. Ouviu, com aquela calma civilizada e simpática dos canadenses, o que P. tinha a dizer. Não vinha dar uma queixa. P. vinha entregar-se.

— Qual crime o Sr. cometeu?

P. apresentou-se voluntariamente às autoridades canadenses sem ter cometido qualquer crime. Antes de haver cometido o crime que lhe tinha passado pela cabeça. Apresentou-se justamente para não o cometer e, no entanto, se possível, para sofrer as devidas punições do crime que não cometeria, como se o tivesse cometido. O delegado interessou-se pelo caso e se inclinou para a frente.

— O que não houve?, perguntou.

Em sua visita ao Royal Ontario Museum, diante de algumas estátuas chinesas, P. tinha sido acometido pela ideia de pular a barra que as protegia do público e destruí-las, junto com diversas estátuas de Guanyin. Em particular, duas estátuas dos discípulos favoritos de Buda haviam-lhe irritado. Essas estátuas, com expressão de paz e beatitude, lhe inspiravam, curiosa e contraditoriamente, nervosismo. A atitude desses discípulos, mais até do que a do próprio Buda, provocou nele uma cólera incontrolável. Tremeu e deu um passo para trás, onde se encontrava um banco. Desequilibrando-se e dobrando os joelhos sem querer, sentou-se como se tivesse levado um nocaute da vida.

— Continue.

Permaneceu sentado um bom tempo, absorto nas estátuas, ainda mais absorto em seus próprios pensamentos. Rosto enfiado entre as mãos, tentava entender o que acabara de lhe acontecer. Sentia algo no fundo da sua mente. Levantou-se e foi até a outra sala do museu, para fugir desse algo que não estava a seu alcance, mas estava dentro dele. Contudo, não bastam pernas para fugir de si mesmo.

— E então?

Nessa outra sala, vislumbrou outro mundo, por trás dos vidros que protegiam estátuas de guerreiros sobre cavalos. Sentiu-se ameaçado, instintivamente quis revidar. Deu um pequeno passo adiante, levantou um braço. Mas não sabia de onde viria o possível golpe, porque eram estátuas. Nenhuma se mexia. Ele nem mesmo tivera uma alucinação, como se elas estivessem lançando gritos de guerra ou se preparando para um ataque. Sentiu-se ridículo. Olhou para os lados para ver se alguém o observava. A sala estava quase vazia. Era uma quarta-feira à tarde e as duas ou três pessoas que estavam ali não se importavam com a sua presença.

— Quantas o Sr. quis destruir?

Não todas, bastavam-lhe duas. De fato, não queria destruir nenhuma, mas não via alternativa.

— Por que essa fantasia?

Cometer um crime atroz era sua única chance de permanecer no Canadá. Somente dessa forma poderia oficialmente ter um lugar para morar, roupa e comida.

— Se o Sr. não cometeu o crime, como espera provar sua inexistência?

P. voltou para a primeira sala, sentou-se de novo no banco diante das duas estátuas dos discípulos de Buda. Respirou fundo. Esperou o desespero passar e pôs-se a redigir algumas linhas sobre essas estátuas, nas quais relatava com detalhes o crime e descrevia sua mente doentia. Esse escrito deveria bastar não somente para aliviar o desejo de destruí-las, mas também como prova do seu crime.

— Onde estão?

O policial viu que P. trazia um papel nas mãos. Percebendo isso, P. respondeu:

— Evidentemente, essas linhas não são estas linhas.

Ele não as tinha mais consigo. Assim como as escrevera num impulso, jogara-as fora impulsivamente. Decidiu, então, fazer o que devia ser feito, isto é, não fazer nada e dirigir-se à delegacia.

E ali estava ele, entregando-se às autoridades, porque merecia ser condenado justamente por ter tido a firmeza de não cometer o crime que poderia ter cometido. Enquanto outros pagam por crimes reais, ele pagaria por um que decidiu não cometer! Seria uma condenação mais justa.

O chefe de polícia levantou uma sobrancelha, curioso. Em tom amável, respondeu que um mero pensamento de destruição é um crime muito leve (se o for) para uma condenação tão grave, como a que ele desejava. Nada naquele depoimento lhe parecia fora do normal. Ao contrário, revelava somente uma fantasia infantil. Se P. ainda tivesse suas anotações com a descrição de sua enfermidade mental, quem sabe ele poderia entender melhor essa estranha atração.

P. surpreendeu-se. Não sabia o que dizer. Envergonhou-se de sua puerilidade e desejou nunca ter entrado naquela delegacia.

O delegado, numa aparente reviravolta, salvou-o de seu embaraço, reconhecendo que lhe ficava grato pelo seu respeito à arte e à cultura. Hoje em dia, as pessoas têm destruído obras de arte, revelando ignorância e desrespeito. Elas percebem que uma obra é importante e, por uma causa qualquer, aniquilam algo que vai muito além do que elas são capazes de pensar.

As pessoas cedem a uma inclinação para o mal, supondo que estão fazendo o bem. O delegado, então, elogiou-o por ser tão virtuoso a ponto de sentir a atração pelo mal e resistir-lhe.

— O senhor, disse-lhe o delegado, é um verdadeiro estoico, porque soube resistir com firmeza à tentação. Talvez por isso eu deveria aceitar a sua queixa contra si mesmo e puni-lo com uma severa condenação.

P. abriu um sorriso, aliviado.

O delegado, entretanto, contou-lhe uma história narrada por um escritor moçambicano.

— Saiba o senhor que, num país distante, se pretendia remover a estátua de um grande navegador. Outrora um herói, começaram por tirar-lhe a placa que lhe reconhecia os méritos. Depois, queriam derrubá-la. Logo, queriam remover também a estátua do poeta que cantou a navegação e a construção de um império. Ameaçadas, essas estátuas cobraram vida, desceram do pedestal, do qual não gostavam, e começaram a conversar entre si. Um historiador testemunhou essa conversa e, convocando uns curandeiros para trazer os antepassados do povo colonizado, fez uma reunião com todos eles. E decidiram fazer muitas estátuas novas.

P. olhava-o sem entender. O delegado retomou sua explicação.

— O que eu quero dizer é que há pessoas bem mais virtuosas do que o Sr. Esse historiador, até onde posso ver, resolveu muito bem o problema de como lidar com estátuas de heróis de outra época. Em vez de condená-los, devemos homenagear todos os heróis. Destruir estátuas ou obras de arte virou um esporte em nossa época, uma solução fácil, uma maneira de combater o mal com outro mal, algo anacrônico e injusto. Essas pessoas, mesmo quando abraçam uma causa justa, escolhem mal o seu alvo. Deveriam combater o inimigo verdadeiro, no presente, e não destruindo um passado cuja compreensão lhes escapa.

P. piscava os olhos, tentando entender.

— Estou sugerindo que o Sr. deveria pensar no sentido inverso do que pensou. Vou dizer-lhe o que vai acontecer. Já que o senhor deseja ser preso, nós te obrigaremos a ser livre.

O sorriso no rosto de P. sumira. Tentou protestar. Disse que não estava entendendo. Mas estava. Apesar disso, o delegado esclareceu:

— Você será castigado pelo crime que não cometeu, mas com uma pena inversa da que você deseja. Porque se trata de uma punição.

P. balbuciou qualquer coisa inaudível.

Adivinhando-lhe o pensamento, o delegado emendou:

— Um crime real, julgado pelas instâncias competentes, jogaria o Sr. numa cela real. Mas o provável é a simples extradição, o que anularia o resultado desejado pelo Sr. Usufruindo de sua liberdade, o senhor poderá, se quiser, combater, não as grandes personalidades, os grandes artistas e autores, mas essa gente pequena, cuja ganância destrói o mundo. Ou construir as suas próprias estátuas. Se o senhor me der licença, tenho outras coisas para fazer.

E pegou uma caneta para preencher algum documento que tinha à sua frente.

P. saiu dali mais atônito do que quando entrou. Dirigiu-se a um bar qualquer para tomar um café, proteger-se do frio e esperar o horário para ir ao aeroporto. Abriu, numa página aleatória, o livro de um escritor guatemalteco que estava lendo. No alto da página, em letras grandes, estava escrito: "Monólogo do mal".

Leu uma história sobre a luta do bem contra o mal. Aquele, pequeno; este, enorme. O bem se assusta, enquanto o mal avança sobre ele, para acabar com a ridícula disputa. Este, contudo, deteve-se. Precisava precaver-se. Pensou: "Isso só pode ser uma emboscada, pois se eu agora engolir o bem, que parece tão fraco, as pessoas pensarão que fiz algo errado, e eu ficarei tão envergonhado que o Bem não desperdiçará a oportunidade e me engolirá, com a diferença de que as pessoas pensarão que ele fez o bem, pois é difícil tirá-las de seus moldes mentais de que o que o Mal faz é mal e o que o Bem faz é bom".* Assim, concluía o conto, o bem escapou do mal mais uma vez.

Tomou um gole de café.

Enquanto saboreava o gosto forte e amargo, pressentiu que essa historieta tão curta, tão divertida e aparentemente tão simples merecia atenção detida. Decerto, o autor não gastou uma palavra a mais do que precisava; tampouco estava faltando alguma palavra. A perspectiva com que fora escrita mostrava compreensão das relações de força entre o bem e o mal.

Pôs-se a pensar. Dado o esquema moral embutido na cabeça das pessoas, o Mal não pode devorar o Bem, o que é tranquilizador. Esse esquema é uma trivialidade: o Bem faz o bem e o Mal faz o mal. Mas ele deixa escapar o ponto principal, algo curioso, surpreendente mesmo. O Mal sente vergonha, e é por isso que não devora o Bem, enquanto este, se pudesse, devoraria aquele sem hesitação. Só que não pode. Se o Bem não devora o mal, não é por consciência moral, mas por mera impotência. Não haveria, então, uma inversão do esquema comum de pensamento?

Tomou outro gole de café.

Tampouco ele podia destruir as estátuas dos discípulos de Buda. Não havia escolha. A lógica era inexorável. Quanta ironia! Também ele sentira, no fundo, alguma vergonha, que o detivera. Fabulou uma desculpa esfarrapada com o intuito de lograr algum outro objetivo. Mas isso não o tornava uma pessoa boa. Ao mesmo tempo, o delegado não podia prendê-lo, porque ele não havia cometido crime algum. Não era por bondade que o

---

* Monterroso, Augusto. *Cuentos, fábulas y lo demás es silencio*. México: Alfaguara, 1996, p. 199. Tradução de Plínio Junqueira Smith.

delegado não o prendera, mas por impotência. Ele estava condenado a ser livre em seu país, em vez de ser livremente preso em outro. Seu desejo de destruir as estátuas persistia. O mal continuaria imenso. Saiu sem pagar a conta.

A morte
não erra
o endereço

Era cedo quando, com um livro na mão, o enfermeiro a avistou chegando ao longe. O sol mal começara a esquentar o dia. A névoa, cada vez mais rara mesmo no inverno, pairava por ali, deixando o vulto incerto. Não dava para vislumbrar o seu rosto. Cansado, queria ir para casa, tomar um banho e dormir profundamente. Pensou, não sem um certo estremecimento, que esses plantões de vinte e quatro horas não deveriam existir porque nos deixam mortos de cansaço.

Durante a noite, como sempre, saíra uma ou duas vezes para fumar o seu cigarro. Não havia necessidade de ficar o tempo todo ao lado do paciente idoso. Já era seu acompanhante havia alguns anos. Estes passavam devagar, ao contrário do que imaginara de início, e o senhor, cada vez mais doente, resistia com bravura. Dormia com dificuldade, puxando a respiração, mas o rosto sulcado, cheio de rugas, ainda tinha uma expressão tranquila, com olhos pequenos e amáveis. Ajeitou o cobertor, para que não sentisse frio e encostou a porta com cuidado, evitando qualquer ruído que pudesse despertá-lo. Não faltava muito para acabar o seu turno.

Habituara-se a ler contos nesses pequenos intervalos. Ficou na calçada, sob a luz branca de um poste, a ler o de um escritor italiano, no qual, por coincidência, um velho moribundo negava à morte o seu direito de levá-lo. Toda vez que esta ameaçava aproximar-se, o velho, incapaz de qualquer outro movimento, apenas balançava o indicador de um lado para o outro, com um sorriso de satisfação no rosto, aproveitando da vida qualquer migalha que lhe sobrasse.

Ao voltar, o enfermeiro teve uma surpresa: seu paciente sufocava. Chamaram uma ambulância e tiveram de levá-lo às pressas para o hospital. Mesmo com esse transtorno, deixou o serviço no horário de sempre. O ônibus, estranhamente, estava demorando. Abriu o livro, de pé mesmo, e leu as duas últimas páginas daquele conto surpreendente, no qual o velho moribundo, por fim, sucumbiu e entrou no reino dos céus com fanfarras, ao som de trombetas. Fechou o livro, fechou os olhos e deu uma longa tragada. Expirou lentamente o ar, que misturava a fumaça do cigarro e a fumaça produzida pelo bafo quente no vento frio do inverno.

Quando a viu, ele jogou a bituca no chão, pisou para apagar a brasa, revirando o pé. Conforme se aproximava, sua silhueta foi ficando mais definida e sedutora: corpo sinuoso, rosto enigmático. Não se surpreendeu. Todos a esperavam, para mais cedo ou mais tarde. E talvez já estivesse tarde demais. Antes que pudesse dizer alguma coisa, ela disse-lhe:

— Você sabe por que eu vim.

— Sim, pensei até já tê-la visto em outras ocasiões.

— Pode ser, estou sempre circulando por aqui, cada vez com mais frequência.

— Creio, entretanto, que você se atrasou um pouco. Ele acaba de sair para o hospital.

E, então, explicou. Quando voltou de um intervalo, o velho mal conseguia respirar, tossindo muito. Como a tosse e a respiração pioravam, chamou o médico, que veio às pressas. Após um breve exame, constatou que a temperatura subira e que os pulmões tremiam, abalados, a cada difícil e entrecortada respiração. Decidiu-se que seria preciso levá-lo ao hospital, para sedá-lo e diminuir o sofrimento.

Ela perguntou-lhe se podia ir ao hospital, mais tarde, para visitar o velho. Recebeu como resposta que ele estava na UTI e não poderia receber visitas. Ela teria de esperar.

Como agora dispunha de tempo, ela puxou conversa. Perguntou sobre o trabalho do enfermeiro. Este, cansado, foi lacônico. A dama, que ainda mal passava de um vulto, começou a dissertar sobre os inconvenientes do trabalho no mundo moderno, a ressaltar essa sensação de exaustão e estresse que todos sentimos cada vez com mais intensidade. O enfermeiro meneava levemente a cabeça, aparentemente concordando, mas apenas se poupando de travar uma conversa mais longa. Só pensava em ir embora logo.

Batendo o olho no livro, ela ficou curiosa. O enfermeiro pareceu animar-se um pouco.

— São contos curtos. Toda vez que saio para fumar um cigarro, leio um. Isso permite que eu me distraia um pouco, passe o tempo e, sobretudo, alongue esses momentos de descanso.

— E quem é o autor?

— São de diferentes autores.

Puseram-se a conversar, com calma.

— Quando eu chegava, vi que você terminava um conto. Qual a história?

— A morte fora buscar um homem já bem velho, mas toda vez que ela avançava para pegá-lo, ele fazia que não com o dedinho. Enquanto lhe restasse um pingo de vida, ele conseguia afastar a morte com o gesto singelo de um dedo torto numa mão frágil e enrugada. Até que, por fim, esgotadas as suas forças, adormeceu, recebeu o abraço do sono eterno e entrou triunfante no reino dos céus.

— Muito interessante. Todos tratam da morte?

— Sim, é uma maneira de lidar com a tristeza da minha profissão. Acompanhar idosos é uma profissão muito pesada, porque não há esperança. Todos acabam morrendo. Você tenta manter uma certa frieza, algum distanciamento emocional, mas é impossível. Mesmo que seja uma pessoa tediosa ou mal-humorada, você sempre acaba se apegando a ela. É comovente ver como resistem, lutando até o último instante.

Como uma psicanalista, ela respondeu:

— Hum! Fale-me mais sobre isso.

— Não sei falar muito. Só leio.

— Conte-me outra história, estou gostando.

— Há uma clássica. É sobre uma pessoa que estava na cidade V., dormindo na porta de uma casa após uma noitada de farra e, quando acorda de manhãzinha, vê a morte olhando para ele. Ele a vê fazer uma expressão ameaçadora e, por causa disso, resolve fugir dali o mais rápido possível. Viaja sem parar, a cavalo e de navio, para a cidade M., que fica bem longe e, já de noite, hospedado num hotel, sente-se protegido e seguro. Poderá descansar tranquilamente até o dia seguinte. Ninguém o incomodará. No entanto, batem à porta. Pensando que é um serviçal do hotel, abre a porta e estremece. É a morte. "Como você me achou aqui, se você me viu hoje de manhã em V. e fez uma expressão ameaçadora?", pergunta ele. "Não era uma expressão ameaçadora," diz ela, "mas de surpresa. Estava previsto que eu deveria te buscar hoje à noite aqui e, de manhã, você ainda estava em V.!".

— Como se chama esse livro? Eu gostaria de lê-lo.

— Na verdade, não é um livro. Fui eu quem o compôs. Ao longo dos anos, fui selecionando os contos de que mais gostava. Dei-me conta de que todos eles tratavam da morte, de uma maneira ou de outra. Tirei uma cópia dos meus preferidos, fui até uma gráfica e os encadernei. A capa, eu mesmo a desenhei. Agora, vivo relendo-os, quase como num eterno retorno do mesmo. Mas, a cada leitura, percebo uma coisa diferente.

— Se você puder me emprestar, eu gostaria de copiar todos eles também. Fiquei entusiasmada.

— A morte é fascinante. Multifacetada. Surpreende-nos em qualquer lugar, em qualquer situação, em qualquer idade. Por isso, embora todos se refiram à morte, esses contos são muito diversos.

Ela percebeu que o enfermeiro, de aparência simples, rude até, era um observador arguto dos seres humanos. E incitou-o a continuar falando. Envaidecido, ele não parou mais de falar.

— Há quem ache que só se pode dizer que uma pessoa foi feliz após a sua morte, como se o que dizemos dela, mesmo depois de morrer, importasse para a sua felicidade. Acho essa opinião estranha. Hoje, enquanto estou vivo, posso me preocupar com o que dirão de mim depois que eu morrer, mas, depois de morto, não terei preferência nenhuma!

— Nunca pensei nisso!, exclamou ela.

Encorajado, ele retomou suas reflexões, exibindo-se para ela.

— Outros acham que a morte é o evento determinante da vida, é o que confere sentido para a vida. Viveria bem quem sabe morrer e a vida não seria senão uma preparação para a morte. Mas conceber a vida dessa maneira é muito triste. Quem sustenta essa opinião só pode estar deprimido. Ficar pensando na morte o tempo todo, desconfiar que a morte nos espreita em todos os lugares, ir a uma festa e, enquanto os outros se divertem, ficar ali, sozinho, envolto em pensamentos lúgubres não é viver. É já estar morto em vida.

— Acho que você tem razão.

— É melhor esperar a morte vir quando ela tem de vir.

— Claro, por que apressar as coisas?

— Foi o que um amigo, ótima pessoa e muito engraçado, disse a um conhecido seu. Esse conhecido ligou para ele pedindo ajuda e dizendo que pensava matar-se. Meu amigo, então, disse-lhe, como se isso fosse evitar o suicídio iminente: "Você só vai antecipar o inevitável".

— E esse conhecido se matou?

— Não me lembro. Acho que não. De qualquer forma, a morte

não é um evento especial, é só mais uma coisa que nos acontece. A última, decerto, mas assim mesmo sem nenhum privilégio, não passa de algo que nos acontece, como acordar, vestir-se, andar, passear, beber, comer e escovar os dentes.

— Como viajar?

— Sim, mas para um país desconhecido, numa viagem sem volta. O que importa é que vivamos cada instante estando vivos. Nem o que vem depois da morte, nem a própria morte devem interferir na nossa vida. Devemos pensá-la por si mesma. Eu diria até que devemos amar a vida e amar cada coisa que fazemos, aceitar o nosso destino como o quinhão que nos cabe e fazer o melhor que pudermos, indiferentes à morte. Porque a vida é movimento e devemos nos exercitar sempre, mexendo o corpo e instigando a alma. Não podemos ficar parados.

O enfermeiro deu-se conta de que, diante dela, não parava de falar, aos borbotões, e que, do tema da morte, passou ao tema da vida. As palavras jorravam de sua boca como a água de uma fonte. Ele queria não somente exibir-se para ela, mas também, de alguma maneira, impedir que ela falasse algo. Foi nesse momento que ele, calando-se por um momento, passou a mão na testa, como se estivesse suando frio, e deixou que ela retomasse a palavra.

— Vejo que você está cansado, abatido até. Ficou sem dormir a noite toda?

— Estou acostumado e ainda sou jovem, respondeu, querendo mostrar a sua força.

E continuou:

— Eu venho da roça. Passei a infância na fazenda, ajudando meu pai a plantar batata às cinco horas da manhã.

E exibiu, com orgulho, suas mãos calejadas e grossas. Arrumou sua postura, encurvada devido ao cansaço, tentando ficar mais ereto. Não era o caso de impressioná-la com suas reflexões, mas com o vigor do seu corpo. Ela, no entanto, estava focada em outro ponto.

— Essa fazenda, por um acaso, não fica perto de Irati?

— Sim, fica justamente lá.

O rosto da dama iluminou-se.

— E não se chama Fazenda Gralha Azul?

— Como você sabe?

Uma confiança renovada brilhou nos olhos dela.

— É que eu vim buscar uma pessoa que passou a infância na Fazenda Gralha Azul, em Irati, mas que hoje mora em Curitiba e estaria neste endereço em que estamos. Nada mais me foi informado. Por um momento, achei que eu tinha vindo buscar o paciente idoso de quem você cuida, mas agora vejo que não era ele quem eu vim buscar.

Sua voz não era mais a de quem estava matando o tempo. Inclinou-se para a frente e examinou ainda mais de perto o enfermeiro. Este, então, deu um passo para trás, porque o rosto da dama se transformara inteiramente. Desapareceu aquela beleza enigmática de mulher fatal e, no seu lugar, surgiu uma expressão assustadora, não propriamente de uma assassina, mas de quem se diverte e tem prazer no seu trabalho. Ela começou a crescer e agigantar-se, jogando uma sombra sobre o enfermeiro, que agora estava aterrorizado diante daquela mutação. Tal foi o seu susto, enquanto dormia e sonhava com esse encontro funesto, que teve um ataque cardíaco, pondo fim a seu longo sonho, que já durava 34 anos. A seu lado, o velho continuava a roncar alto, a tossir com estrépito, a sonhar seus próprios sonhos e a mexer levemente o dedo indicador para um lado e para o outro.

O delator

1 · O HACKER
24/07/1989

Comecemos com a ponta solta do novelo, a partir da qual se desenrolará toda esta narração, baseada em alguns poucos fatos isolados, mas inteiramente imaginária (daí as datas fictícias, um país fictício, nomes fictícios). Passo a palavra a um personagem secundário, mas sem o qual dificilmente chegaríamos a entender um episódio icônico da vida política recente de Bernabá.

Foi com alguma surpresa e muito mal-estar que li, nos jornais que me trouxeram aqui na cela da Polícia Federal de Bernabá, como eu mesmo teria entrado nos Grupos de Discussão dos procuradores. Porque não foi bem aquilo que eu falei. Ou melhor, porque ali estavam diversas afirmações que fiz ou que fui obrigado a fazer para livrar a minha cara de coisa ainda pior. A reportagem é um misto de tudo: do que fiz e disse; do que não fiz, mas disse ter feito; do que disse, mas com sentido bem diferente, porque eles não foram capazes de entender até agora o que está acontecendo e, portanto, enquadraram o que eu disse no esquema de pensamento deles, que está não só incompleto, mas errado; e do que não disse, mas queriam que eu dissesse.

Só que eu não posso esclarecer tudo o que eles gostariam. Nessa história toda, meu papel é modesto e limitado. Fui resolver um probleminha meu, na minha cidade, com aquele juiz que sempre me persegue, e, de repente, o mundo desabou sobre mim. Do material revelado, posso assegurar que não editei nada.

Ali havia quilômetros de conversas muito detalhadas. Só vi que havia coisa pesada e que precisava me livrar daquilo tudo. Não cobrei nada pelo material, porque eu sabia que quem divulgasse aquelas conversas esquisitas já pagaria um preço exorbitante, mas não na forma de grana. Se eu fosse editar, colocaria detalhes ainda mais pessoais e comprometedores, se isso fosse possível. Por exemplo, faria com que alguém confessasse que um ministro do supremo foi assassinado. Aí sim, quem sabe?, os brios voltariam em Bernabá. País de bundões.

Como tenho dormido mal todos esses dias, estou atordoado. Nem sei o que pensar. Só sei que eu jamais diria algo tão estúpido como "Oi, eu sou o hacker". Esse pessoal é burro pra cacete. Nem uso, embora conheça, palavras como "outrossim", "sem embargo". Meu colega de cela, um traficante colombiano me diz que "sem embargo" é espanhol, não português, que em português é "no entanto". Fala sério, quem escreve desse jeito num celular? Ainda mais um ignorante como eu. E, para ser franco, nem hacker sou. Meus crimes são de outro tipo, já peguei cana, mas por coisa pequena. Não tenho nada a ver com essa confusão. Melhor reler com calma o que saiu na imprensa. O jornal de que mais gosto, porque tem mais coisa sobre futebol e avalia os jogadores individualmente, dando notas a cada um, é o *Matutino da manhã*. Eis o que está escrito num blog desse jornal.

"O hacker preso pela Polícia Federal há alguns dias, [OMITIDO], confessou ter entrado nos Grupos de Discussão dos procuradores e explicou como conseguiu hackear as conversas secretas que vêm sendo divulgadas. Para chegar aos arquivos, ele teria usado um truque muito simples: digitou 'abracadabra' e, do nada, as conversas que estavam no celular do juiz de sua cidade pularam para o seu celular. De posse dessa senha universal (como uma chave-mestra que abre todas as portas), conseguiu quebrar outros Grupos de Discussão e, assim, acessar outros celulares e foi subindo até autoridades importantes. Gravou as mensagens de vários grupos numa nuvem e procurou uma conhecida deputada de oposição que, por sua vez, o encaminhou para um jornalista investigativo renomado. O hacker diz ter apagado os seus arquivos.

"Essa explicação convenceu não só a Polícia Federal, como também alguns especialistas. De fato, vários desses Grupos não exigem uma dupla verificação, tornando-se mais vulneráveis a invasões. O problema estaria nas operadoras telefônicas. No entanto, outros especialistas consultados por este *Matutino da manhã* foram enfáticos em dizer que ainda há muitas lacunas a serem preenchidas. Essa não pode ser toda a explicação, talvez nem parte dela. O especialista [OMITIDO] disse que seria preciso de muito mais gente envolvida, de mais dinheiro e de mais tempo. A seu ver, não seria possível investigar tanta gente em tempo tão exíguo com parcos recursos financeiros e de pessoas. Outros disseram que um sistema tão sofisticado não pode ser quebrado de maneira tão trivial e que a senha 'abracadabra' é ridícula demais. Mas o que a confissão realmente parece não explicar é como ele conseguiu entrar pela primeira vez num desses Grupos de Discussão. A suspeita de que há um delator interno permanece como uma explicação relevante".

Só espero que eu não seja apagado junto com todas as mensagens que interceptei. O autoritarismo dessa gentalha corre solto. Bando de preguiçosos, que não entendem nada de nada. Só parecem valentões com arraia miúda, como eu. No fundo, são uns covardes.

É hora de retomar o controle desta narrativa. A grande questão é: quem seria esse delator? Abriu-se uma caixa de Pandora e todos os males estão à solta, esvoaçando por aí. Quem abriu essa caixa? Como se disseminou um mal tão grande em Bernabá, nosso pobre país? De que maneira o mal entra no mundo?

2 · LIÇÃO DE ÉTICA: A LUTA DO MAL CONTRA O MAL
09/06/1989

É verdade que, neste mundo (não só em Bernabá), existe o bem e existe o mal, e que um luta contra o outro. As pessoas pensam que o bem predomina e que o mal vem contestar-lhe o poder, tentando roubar o seu lugar. Não raro, consegue-o. Então, por sua vez, o bem tentaria recuperar os seus direitos. O mundo seria essa eterna oscilação entre o bem e o mal. Ora um triunfa, ora o outro. As pessoas estão erradas. A grande luta é entre o mal e o mal. Há muitos tipos de males, com variedade e perversidade inimagináveis. Quando sai à rua, o mal encontra o seu semelhante, outro mal. Pega o metrô lotado e vai esbarrando em outros males, que se comprimem para caber no trem. Chega no trabalho e ouve a ordem de um mal superior. Tem de obedecer. Olha para o lado e vê, estampada na cara de um mal conhecido, a raiva gerada pela necessidade de também obedecer e pela mesma sensação de impotência. Não há simpatia entre esses males, nem entre o mal superior e o inferior, nem entre dois males equivalentes, conhecidos ou desconhecidos. Ao contrário, odeiam-se. É da essência do mal odiar outro mal. Quanto ao bem, ora são indiferentes, ora sentem pena, ora esmigalham-no com os pés.

O bem é muito fraco para poder participar desse combate vital que explica o andamento do mundo. Não é que não integre essa luta generalizada, mas seu papel é bem modesto. Só lhe restam duas opções, ambas insatisfatórias. O primeiro tipo de bem sai de casa, anda de metrô, vai ao trabalho, como todos os males. Mas precisa disfarçar-se, para não ser tragado pela força avassaladora do mal. Assim, usa chapéu, óculos escuros e capote. É difícil distingui-lo na multidão.

O outro tipo de bem reage de maneira diferente ao predomínio do mal. Para proteger-se, ele é obrigado a retirar-se do palco em que as cenas se desenrolam. Não lhe resta senão ficar lendo os jornais e criticando todo mundo, inclusive os jornais que lê. Ele até sai de casa de vez em quando, para comprar comida e remédios, mas em geral ele vive como um santo, fora deste mundo. Não raro, termina um hipócrita.

Quando os dois bens se encontram na rua, eles às vezes se reconhecem. Nessa ocasião, se saúdam e ficam muito felizes. Põem as novidades em dia, contam como vão seus familiares. Discutem qual é o pior mal. Por um breve momento, fazer uma hierarquia dos males tranquiliza-os. Mas sempre alguma urgência os solicita e precisam ir. Prometem encontrar-se outras vezes, mas cada um vai para a sua casa e é engolido pelos afazeres cotidianos.

Depois dessa edificante reflexão moral, retomemos o fio da meada. Por que o mal maior colocou o mal menor em cana? Não me refiro ao hacker, que é um mal quase insignificante nesta história. Como disse, não passa da ponta do novelo que nos permite desenrolar toda a trama. É essa trama o que precisamos investigar agora. Precisamos descobrir como o mal maior triunfou sobre o mal menor. Quais foram os mecanismos usados para esse triunfo?

3 · O DEPOIMENTO
10/05/1987, 16h

Foi um fenômeno em Bernabá. Parecia dia de jogo da seleção na Copa do Mundo. Todo mundo parou para assistir. Decretou-se feriado nacional. Os olhos de todas as pessoas estavam grudados na tela. Os deste narrador não o estavam menos. Acusação e réu deveriam jogar esse jogo, sob os olhos atentos do juiz. O que houve, entretanto, foi algo bem diferente.

Foi encenada uma peça de teatro diante do país. No roteiro, havia uma acusação contra o mal e um bem, que é a justiça.

Na encenação, todo o enredo se concentrava no confronto entre o juiz e o réu; a acusação desempenharia o papel de bufão. O resultado era previsível: um mal seria condenado, enquanto a injustiça, como um mal maior, tomaria sua decisão antes mesmo da investigação. À acusação, como um mal auxiliar, caberia passar uns documentos quaisquer ao juiz.

Aos espectadores desatentos, pode parecer que o depoimento foi longo e tedioso. Foi longo, mas não tedioso. Vou contar dois episódios que merecem ser lembrados porque desvendam os meandros de Bernabá.

O primeiro diz respeito às provas da acusação. O juiz apresentou duas provas. Discorreu sobre elas, como se fossem decisivas e, então, pediu à acusação que lhe passasse os documentos comprobatórios. Em seguida, entregou um deles ao réu, pedindo-lhe explicações, como se fossem impossíveis de serem dadas. O réu segurou essa prova em suas mãos. Olhando-a, disse, não sem surpresa, ao juiz: "Este documento está rasurado". Sem sequer enrubescer, o juiz recebeu de volta o documento. Ajuntou-o à papelada. Olhou novamente para o réu, enquanto este passava os olhos pelo segundo documento. Depois de examinar suas diversas páginas, o réu dirigiu-se de novo ao juiz, com alguma incredulidade: "Mas este outro documento não está assinado!". Nosso juiz de Bernabá não tem a menor noção do que é uma prova. Ou talvez seja melhor dizer: assim vai nosso querido Bernabá: o conceito de prova perdeu todo e qualquer rigor.

O segundo episódio é ainda mais ilustrativo. Vai ao âmago da vida política de Bernabá. O juiz, em tom acusatório, perguntou ao réu: "Senhor ex-presidente, dizem que num domingo o senhor reuniu na Granja do Capeta líderes de alguns partidos. Mas domingo não é dia de trabalho. Isso não configura um crime?". Calou-se, saboreando as próprias palavras, contente consigo mesmo. Olhou de cima para baixo os presentes na sala, ajeitando a gravata e o colarinho branco. O réu, então, respondeu francamente e quase com intimidade: "Doutor juiz, deixe-me te explicar uma coisa. Não foi só num domingo. Não foi só com líderes de alguns partidos. A Granja do Capeta estava aberta todos os domingos para todos os belzebus, tinhosos, canhotos, mafarricos, anjos da treva, satãs, satanases, juruparis, tendeiros, em suma, para todos os diabos que quisessem aparecer por lá. Você mesmo, doutor juiz, se quisesse, poderia ter ido lá. Havia carne para todo mundo. E vou te dizer uma coisa, doutor juiz, se a minha sucessora tivesse feito a mesma coisa, não teria caído". Talvez não exista depoimento mais revelador sobre como as coisas funcionavam em Bernabá. Esse era o mal que o outro mal tentava destruir.

Antes de prosseguirmos, porém, precisamos voltar a uma cena do cotidiano, para tentar entender como o mal maior estava atuando contra o mal menor. Como o leitor terá notado pelas datas de cada cena aqui narrada (aqui, tudo é narração), estamos retrocedendo no tempo, buscando a genealogia do mal que nos acomete. Mais adiante, terei de ceder a palavra a outros narradores (como, aliás, já cedi na primeira cena) para que se possa apreender com mais precisão e conhecimento de causa o nascimento desse mal. Por ora, temos a difícil tarefa de entender como o hacker teria obtido a senha para todas as denúncias contra o nosso juiz. O que veremos é que o juiz se delatou a si mesmo, vítima de um truque do hacker. Temos de imaginar como isso teria sido possível, embora altamente improvável.

4 · O DELATOR
10/05/1987, 8h

Enquanto o juiz segurava a xícara, tocou seu celular e, atendendo a chamada ansioso e com pressa, sem se dar conta do que fazia, queimou a língua ao derramar na boca o café. Contorceu o rosto, já naturalmente duro de tanto autocontrole ao longo da vida. Praguejou alguma palavra incompreensível, naquele seu sotaque bronco e caipira que sempre o acompanhou desde que deixou sua Pocotó natal e a trocou pela ansiada Mossungaba, a bela capital de Bernabá do Sul. Sua voz ressoou como um sopro rachado, fruto da rigidez ao lidar sem sucesso com um desejo inconfessável e sempre disfarçado. O número ali na tela pareceu-lhe conhecido, mas, com a língua pelando, não identificou de quem era. Talvez fosse o número do gerente do banco, querendo propor novas aplicações, mas agora não tinha tempo para isso, ou de algum procurador com o qual andara falando secretamente nos últimos tempos. Com a atenção toda concentrada na língua, não averiguou de quem era o número que aparecia na tela. Era o seu próprio número, mas não se deu conta disso.

O juiz estava, como sempre, muito ocupado. Excesso de coisas para fazer, tendo de cuidar de detalhes aborrecidos, pequenos delitos insignificantes, maldito empreguinho na primeira instância, da qual nunca tinha conseguido sair, apesar de ter sido servil a muita gente. Sempre se sentiu preterido, diminuído, mas agora iam ver a sua ousadia e iam dar-se conta de tudo o que é capaz. Embriagado consigo mesmo, pensava somente no lado positivo de seus atos conscientes, sem conseguir sequer pressentir a tragédia que causava para Bernabá. Talvez até pressentisse, mas pouco se importava com causas alheias à sua carreira. Não bebeu o café, esperando esfriar. Respirou fundo, controlou-se, como de hábito, e atendeu a chamada.

Teria um dia difícil pela frente, pois o próprio ex-presidente de Bernabá se apresentaria no banco dos réus para depor. "Aquele criminoso", pensou, "fiz bem em vazar suas conversas. Dei o primeiro e fundamental passo para limpar o Congresso e o Executivo, sou um herói nacional". Assim ele se via, ajudara a livrar Bernabá dos corruptos, dando com vazamentos ilegais sua notável contribuição para propagar o mal. Agora, seria cara a cara. Seria o dia do abate. Sentia um gosto especial na mera antecipação do confronto, sobretudo por estar em posição superior. Iria fazê-lo sentir o seu poder. Depois de pisar nele, ainda giraria o pé para esmigalhá-lo, como se faz com uma formiga.

Enquanto antecipava na imaginação o depoimento da tarde, respondeu indiferente à chamada, falando um mecânico alô, embora se esforçasse por ser amável. Estava um pouco nervoso, é verdade, mas não muito, pois se preparara para o depoimento e dispunha, a essa altura da vida, de certa experiência. No íntimo, sentia-se dono da situação, embora esta pudesse eventualmente escapar de suas mãos. O que, no entanto, poderia dar errado? Não havia tudo sido planejado e combinado? Não tinha passado e repassado mil vezes tudo o que aconteceria e poderia acontecer?

Ouviu uma pergunta que emergia do nada, ou do fundo de si mesmo. Não só o número, mas também a voz lhe pareceu familiar, pelo sotaque, pelo timbre, era como se fosse a sua própria voz. Isso o tranquilizou naquele momento crítico. Seduzido por sua própria voz, deu espontânea e voluntariamente as informações solicitadas.

Encostando de leve a xícara no lábio inferior, percebeu que o café já tinha esfriado. Inferiu que um pequeno gole não queimaria a língua. Enganou-se. Já a tendo queimado, a língua ficara sensível. E, distraído, derramou uma quantidade de café maior do que a planejada. Com o recrudescimento da dor, esqueceu-se de sua reflexão sobre aquela voz tão familiar, que parecia a sua, mas não podia ser a sua. Inquietou-se um pouco. Havia algo de estranho naquela ligação, mas não sabia bem o quê. De quem era a voz, afinal?

Deitou novamente a xícara na mesa e esperou esfriar mais um pouco. Envolveu-se, entorpecido, em seus pensamentos e voltou a pensar na atitude que tomaria diante de pessoa tão importante como o ex-presidente. Afinal, esse seria o grande caso de sua vida, aquele que o catapultaria para o cargo que sempre ambicionara. Passara anos tramando para aquele supremo momento e agora, diante do seu café amargo diário, sentia-se confiante. Tudo sairia como planejado, sob a sua batuta.

A voz familiar, do outro lado, aquela que parecia ser a sua, mas não podia ser, agradeceu-lhe por ser tão prestativo. O dono da voz já dispunha da senha que abriria a primeira de inúmeras portas. De maneira paradoxal, o juiz, à sua revelia e contra seus interesses, abrira as portas a um explosivo vazamento, entregando de bandeja a senha ao hacker. Este fora esperto: passando-se pelo juiz, usando o seu número e imitando sua voz, apanhara-o para cometer o mesmo crime que ele havia cometido. O hacker, enganando o juiz, fez com que este permitisse um segundo vazamento, tornando-se o delator de si mesmo e de todos os outros envolvidos nas conversas com os procuradores. O feitiço voltou-se contra o feiticeiro.

Notava-se, no canto de sua boca, um discreto sorriso de prazer consigo mesmo, o sorriso de quem está satisfeito de atender ao pedido da pessoa que mais ama na face da Terra. Ele mesmo. Tomou, finalmente, mais um gole de café. Percebeu, surpreso, que agora estava frio, causando-lhe um inesperado e imenso desprazer.

Talvez convenha fazer alguma reflexão sobre a consciência do juiz. Ele seria um personagem pouco interessante e sem nenhuma densidade, se não tivesse um pingo de senso moral. Essa poderia ser uma motivação profunda para que ele mesmo fosse a fonte das revelações que se seguiram.

Embora improvável, talvez houvesse aqui alguma má consciência do juiz. Ele tinha vazado conversas do ex-presidente de Bernabá, o que é crime. Pode ser que ele ainda tivesse algum escrúpulo e sentisse que seria preciso reparar esse crime. Como juiz, foi além de suas funções e tornou-se criminoso. Como juiz, ele deveria também julgar-se a si mesmo. Como juiz, deveria condenar-se. Como juiz, ele precisava reparar o mal que causou à sociedade e puni-se. Isso tudo pode parecer muito confuso e metafísico. Afinal, juiz e criminoso deveriam ser duas pessoas distintas. Um julga e o outro é julgado. Mas são realmente pessoas distintas nesta história? Ou são a mesma pessoa? Como saber onde termina o juiz e onde começa o criminoso?

Agora que sabemos como o juiz caiu no truque do hacker, precisamos continuar retrocedendo no tempo. Até aqui, ele foi vítima do hacker, que, para lograr êxito, teve a sorte de pegar o juiz desprevenido por causa do café pelando e, talvez, de alguma má consciência. Mas é preciso investigar se o seu papel na disseminação do mal é mais positivo. Um pequeno incidente, antes do café da manhã, sugere que a vaidade é uma das principais causas do mal.

5 · O PELO BRANCO
10/05/1987, 8h

Ainda bem cedo, antes do café da manhã, a mulher o observava diante do espelho. Estava tão concentrado olhando sua própria imagem que não a viu encostar no batente da porta, que estava escancarada. Silenciosa, ela ficou ali por um longo minuto, tentando entender o que ele estava fazendo. Então, curiosa, perguntou:

— Você está examinando esse pelo branco saindo do nariz?

A pergunta pegou-o duplamente de surpresa.

— Você estava me espiando? Pelo branco?

— Sim, esse pelo branco que está sempre saindo da narina esquerda. Você nunca o notou?

Ele não somente se assustou por ela estar ali, observando-o sem que ele estivesse ciente da sua presença, sendo pego em flagrante em sua vaidade, como se deu conta, pela primeira vez, que tinha um pelo branco saindo pela narina, ele que se orgulhava de ter um cabelo bem preto. Aproximou-se novamente do espelho, levou uma mão ao nariz e, empurrando-o para um lado, tratou de examinar o pelo branco.

Aquilo o desnorteou completamente, mas precisava fingir para a mulher que não ficara abalado. Era um dia importante na sua vida, talvez o mais importante de todos. Estava se preparando para conduzir um julgamento crucial na vida política de Bernabá. Logo ao acordar, antes de mais nada, tinha tomado banho e vestido o seu melhor terno. Temia sujá-lo no café da manhã, com um respingo de café, com manteiga ou geleia, mas, como teria de sair imediatamente, não queria correr o risco de ter de se trocar. Fez a barba, escanhoou-se com esmero, para não se cortar e aparentar o mais asseado possível. Um canto entre a garganta e o maxilar, entretanto, sempre ficava mal feito, por mais que ele se esforçasse em passar a gilete bem rente à pele. Quem prestasse atenção ali, veria alguns fios de barba mal aparados. Pigarreou, tentando limpar a voz. Com certo cuidado, olhou-se de um lado e, em seguida, do outro. Pareceu-lhe que havia um pequeno corte, entre o nariz e a boca, tão pequeno que não sangrara, mas que deixara a pele um tanto sensível e, talvez, um pouco avermelhada.

Tendo sua própria imagem diante de si, perdeu-se no labirinto da vaidade, absorto em pensamentos. Não sabia quanto tempo ficara ali, envolto consigo mesmo, nesse mundo de alheamento, provavelmente não muito mais que um minuto ou dois, mas o suficiente para que sua mulher percebesse que algo estranho estava se passando com ele. Ela sempre o via olhar-se no espelho, mas, naquele dia, ele olhava através do espelho. A imagem refletida, logo ali, do outro lado, deixava bem claro aquele pelo branco, que, embora minúsculo, quase imperceptível, desfigurava todo o rosto. Uma vez notado, era impossível não prestar atenção nele. Não soube o que responder à mulher. Aquele pelo branco o desarmara por completo. Saiu abrupto, passando por ela, esbarrando nela, abrindo passagem à força, como se quisesse mesmo agredi-la, aquela pessoa que ousou trazê-lo de volta do mundo do espelho para a realidade, fazendo-o notar o infame pelo branco. Amaldiçoou o pelo branco. Estava irritado consigo mesmo por não o ter notado antes ele mesmo.

Tenho de interromper a narrativa por um momento. Parece claro, a esta altura, que o juiz não foi mera vítima do hacker. Sua vaidade implica uma arrogância, uma sensação de superioridade, talvez mesmo de onipotência, e uma pretensão de dominação que o levava a praticar o mal. Não fosse a surpresa e o espelho, o próprio juiz jamais se sentiria minimamente abalado em sua postura. A surpresa desarma nosso olhar e o espelho desvela o que estava oculto para o olhar viciado. Nessas horas, vislumbramos algo em nossa própria alma. Daí a violência com sua mulher e a revolta consigo mesmo.

Dirigiu-se com pressa à mesa do café da manhã, fingindo que nada havia acontecido. Só conseguia pensar em cortar aquele pelo branco, mas não podia ser na frente de sua mulher. Cortá-lo de imediato seria dar-lhe razão. Tinha de ser disfarçadamente, escondido. Pensou em passar no lavabo, entre a sala e a cozinha, mas não havia tesoura lá. Teria de voltar ao banheiro. Mas, para isso, precisaria de um pretexto. Sentou-se na mesa do café da manhã. Antes que lhe ocorresse qualquer ideia, seu celular tocou.

É sabido que os sonhos, como os espelhos, revelam muitas coisas sobre nós, porque neles estamos inconscientes e não procuramos nos ver da melhor maneira possível. Mas o despertar de um sonho também serve para entendermos uma alma humana. É o momento em que nos preparamos para o dia, denota nossa atitude. Como estamos retrocedendo no tempo e, assim, nos aprofundando cada vez mais nesta trama macabra, narro primeiro o despertar do juiz.

6 · O DESPERTAR
10/05/1987, 7h

Costumava dormir o sono dos injustos e, por isso, precisava do despertador para levantar todo dia, pontualmente, no mesmo horário. Era um homem de hábitos regrados. Naquela noite, dormira pouco. Sobretudo, como era de se esperar, dormira um sono irregular, intermitente, um sono leve do qual se pode lembrar com facilidade o que se sonhou. Por isso, naquela manhã, não precisou do despertador. Já estava acordado havia muito tempo quando aquela mesma música metálica e mecânica soou nos seus ouvidos.

A ansiedade dominava-lhe. Por ter se sentido entre o sono e a vigília durante as poucas horas em que mais tentou dormir do que de fato dormiu, levantou-se com os pensamentos embotados. Os olhos mal se abriam. Via tudo meio embaçado, como se houvesse uma neblina no quarto. Pôs os pés nos chinelos, que ficavam debaixo da cama, um ao lado do outro, sempre no mesmo lugar. Arrastando-os, foi até o chuveiro e banhou-se. Como fazia frio e gostava de água quente, o vapor dominou o banheiro, aprofundando aquela sensação de estar sonhando. Sua mente continuava confusa. Secou-se, abriu as janelas para deixar a umidade sair e dirigiu-se para o sofá, onde, na véspera, já deixara a roupa que usaria no dia seguinte. Mandara fazer um terno novo para essa ocasião, separara uma gravata comprada em Cerqueira César e que reservara para um dia especial como esse. Vestiu-se com a elegância de um juiz de Pocotó. Arrumou seu cabelo, passando, como sempre passava, um produto que o deixava mais preto, fixo e brilhante.

Não resistiu. Foi até o closet da sua mulher, abriu a porta e parou diante do espelho imenso, que ia do chão até o teto. Examinou-se para ver como estava. Ainda não conseguia enxergar muito bem, mas, quando se viu vestido assim, foi como se toda a névoa desaparecesse na mesma hora. Gastou uns cinco minutos apreciando-se no espelho, olhando-se de todos os ângulos possíveis. Estava como queria estar. Ele conseguira imprimir à realidade o seu sonho. Deu um sorrisinho com o canto da boca. Foi quando sua mulher lhe disse alguma coisa.

Passemos, agora, ao sonho.

7 · O SONHO
10/05/1987, 4h

Fora uma noite agitada. Não estava profundamente adormecido. Seus mais terríveis medos não podiam aflorar em sonhos rocambolescos e fantasmagóricos. Ao contrário, por não conseguir dormir direito, seus pensamentos conscientes se misturavam com pitadas de sonho, produzindo devaneios plausíveis, engraçados e até prazerosos. Um sonho, em particular, gravou-se em sua memória.

Sonhou que era uma raposa e que iria roubar um galinheiro. Nada mais fácil. Tinha até um alicate bem grande para cortar a tela de arame. À noite, espreitava o galinheiro de longe. Dispunha de um binóculo e ficava observando os hábitos das galinhas (esse animal que está sempre com os pés no chão e mal consegue alçar voo). Quando se sentiu confiante, não hesitou e avançou, espertalhão, por entre as árvores, esgueirando-se da luz. Cortou alguns fios de arame e entrou triunfante no galinheiro.

Não viu, ali, nenhuma galinha. Subiu pela rampa, esperançoso de encontrar alguns ovos para fazer sua omelete e as galinhas para o seu ensopado.

Deu de cara com uma coruja (esse animal que levanta voo ao anoitecer e caça ratos). Uma coruja grande, branca, de olhos enormes e arregalados. Fitava-o fixamente. Conforme ele se mexia para um lado e para o outro, a coruja o acompanhava, girando seu pescoço sem mover o corpo e sem piscar os olhos. De repente, ela abriu as asas e voou em sua direção. Ele fugiu rapidamente, passou pelo buraco na tela de arame e voltou a seu posto de observação.

Uma vez lá instalado, pegou seu binóculo para examinar o galinheiro. Ali estavam todas as galinhas de novo, ciscando o chão em busca de minhocas e insetos, subindo e descendo a rampa, botando seus ovos. Tomou coragem, enveredou pela trilha no mato, passou pelo mesmo buraco e entrou no galinheiro.

De novo, encontrou o galinheiro vazio, subiu a rampa e deu de cara com a coruja e seus enormes olhos abertos. Nem esperou a coruja abrir as asas. Retornou ao seu posto de observação. Com o seu binóculo, examinou, mais uma vez, o galinheiro e lá estavam todas as galinhas com seus filhotes. Voltou, uma última vez, ao galinheiro, para pegar uma galinha, mas, como das outras vezes, não encontrou nenhuma. Desta feita, no entanto, deu de cara com várias corujas que o atacaram. Sentindo-se bicado por todos os lados, despertou. Tocava nos seus braços e peitos para ver se estava sangrando, mas era apenas suor. Havia, no entanto, sangue seco de lesões corporais.

Nosso juiz, infelizmente, não parece ter uma mente brilhante. O sonho é muito óbvio e não precisa de interpretação. Literariamente, teria sido melhor um personagem mais complexo. Tentei dar-lhe alguma consciência moral e alguma noção de quem ele é. Talvez tenha sido inútil. Todo dia ele acorda e impõe à realidade sua fantasia. No entanto, pessoas simplórias têm a vantagem de deixar mais claro o que estamos tentando enxergar. Mas não nos enganemos: nosso juiz pode ser uma pessoa surpreendente também. É o que veremos agora. Como se trata de algo íntimo, preciso passar a palavra à sua esposa.

8 · A VÉSPERA
09/05/1987, 21h

Cada uma sabe o marido que tem. Eu sempre soube quem o meu era. E ainda é. Quando o conheci, ele tinha um namorado. De fato, eu o conheci justamente porque seu namorado, o Cláudio, era meu amigo de infância, um amigo íntimo e muito discreto. Ninguém sabia, naquela época, quais eram suas preferências e, muito menos, ninguém sabia que eles tinham começado a sair juntos. Só eu. Foi a época mais feliz da sua vida, mais feliz do que nosso casamento, mais feliz do que quando nossos filhos nasceram, mesmo que ele tenha sido feliz durante todo o nosso casamento. Aqueles eram tempos diferentes. A aids era uma ameaça terrível e muitos homens bissexuais decidiram viver uma vida heterossexual, ao menos a maior parte do tempo. Meu marido optou por ter uma vida convencional. Casou, teve filhos. Seria bom para a sua carreira também. Juiz homossexual não pega bem neste país, ainda mais em nosso estado, o Bernabá do Sul.

Acho que ele tomou a decisão certa. Nunca se arrependeu. Para mim, a decisão também foi boa. Como ele, prefiro uma vida convencional, seguindo os modelos conservadores da nossa sociedade de Pocotó e de Mossungaba, mesmo que, ao contrário de muita gente, eu tolere certas coisas que outros não toleram. Diante dos outros, condeno, mas na vida íntima, embora não goste, admito. Basta-me a aparência, uma boa casa, escola para os filhos e ter tempo para mim e para as minhas amigas. Nunca fui muito exigente, sobretudo em matéria de sexo, ainda mais com a idade avançando e os filhos todos. À noite, gosto de ir para a cama por volta das dez horas. O que ele faz depois disso é problema dele, desde que não me incomode. Ele costuma ficar em casa, tomando um uísque, trocando mensagens no celular.

Às vezes, ele convida amigos, coisa de que gosto muito, até porque, quando me dá sono, vou para o quarto e o deixo conversando com eles até a hora que quiser. Nosso quarto fica longe da sala e o barulho não alcança meus ouvidos. Outras vezes, sai para jantar com eles, quase sempre a negócios, dos quais nada sei e pelos quais pouco me interesso. Prefiro não ir. Quando saímos no almoço, há algo que não sei se me incomoda ou se é um alívio. Sentamos todos na mesma mesa. Chegada a hora do negócio, nós, as esposas, vamos para uma mesa ao lado, que está nos esperando. Eles podem então falar livremente de seus negócios, sem que nós os escutemos.

Na véspera do grande interrogatório, ele me disse que ia jantar fora com o Cláudio. Logo entendi. Quando está estressado, essa é sua forma de relaxar. Não perguntei nada, servi o jantar das crianças, eu mesmo mal toquei na comida, porque à noite não tenho apetite, beijei-lhe docemente e desejei boa noite. Ele estava muito nervoso e até agressivo. Que voltasse mais tranquilo e não me perturbasse o sono. Em geral, em situações extremas como essa, ele volta com marcas nos pulsos e feridas nas costas. No dia seguinte, vi a que ponto chegara. Não me surpreendi.

Espero que não me entendam mal. Não estou querendo moralizar nada. Estou somente querendo entender como Bernabá chegou à situação em que está, como o mal maior foi se disseminando no mundo ao destruir um mal menor. O problema, aqui, é a hipocrisia do comportamento do juiz, não o que ele fez. O que ele fez é algo relativamente comum. Quantos maridos não têm uma vida dupla?

Até sua esposa de Pocotó não vê problema nisso. Mas ainda não desenrolamos todo o novelo. Ainda há coisas a serem ditas, não sobre a sua vida privada, mas sobre sua vida pública.

9 · O PULO DO GATO
09/05/1987

Nos últimos meses, estava sempre no celular, conversando com seu amigo promotor, dando-lhe conselhos, orientando sobre o que fazer, inclusive de madrugada. Tudo muito secreto. Nem mesmo sua mulher sabia o que estava se passando. Não que ela não suspeitasse de algo mais estranho do que o usual, mas as suspeitas, embora fundadas, iam na direção errada. E, de resto, ela não se interessava muito pelos caminhos tortuosos da carreira do marido. O que lhe causava um certo incômodo era que o marido não progredia na carreira. Quando casaram, ela tinha a expectativa de que ele chegaria logo ao menos à segunda instância. Estava sempre escrevendo mensagens enigmáticas, fazendo reuniões com gente graúda, lisonjeando superiores. Embora se dedicasse em tempo integral à sua carreira, a ponto de andar perigosamente sobre linhas duvidosas, sejam lá quais fossem elas exatamente, empacou como uma mula. Mas ele preparava o pulo do gato. Depois de tantos anos estacionado, seria o primeiro juiz de primeira instância a ser diretamente nomeado ministro do Supremo Tribunal Federal de Bernabá.

Eis, então, que a vaidade gera não só a hipocrisia, mas também a ambição. Essas duas coisas se combinam com frequência, como fica muito claro na conversa que tive com meu irmão. Ele jantou com o principal procurador, que estava sendo orientado pelo juiz nas investigações sobre o ex-presidente. Prefiro deixar que ele narre nossa conversa. Ao contrário de mim, ele não viu nenhuma hipocrisia, de modo que esta narrativa, além de ficar menos tendenciosa, mostrará como o mal maior é enganador. Prestem atenção no fato de que todas as denúncias decorrentes das conversas divulgadas pelo hacker já haviam sido feitas. Ainda assim, o procurador tinha um aspecto sedutor: sua simplicidade fazia com que ele mesmo acreditasse no que dizia e, dessa maneira, convencia seu interlocutor.

10 · O JANTAR COM O PROMOTOR
23/08/1988, 20h

Você quer saber como foi o jantar na Federação das Indústrias de Bernabá? Foi muito interessante. Após a sua palestra, o procurador-mor, por um acaso, sentou-se ao meu lado e conversamos a noite toda. Sobre o quê? Bom, sobre muitas coisas, mas, de um modo geral, ele falou e eu ouvi. Ele gosta de falar, de ser o centro das atenções, de se promover. Mas de uma maneira tranquila, com um jeito até tímido, de uma pessoa do interior. De fato, ele tem o sotaque interiorano, comendo o final das palavras. Parece uma pessoa simples e ingênua, transmite confiança, porque criado em família religiosa e honesta. Usa, na lapela, um broche discreto com as cores de Bernabá, verde e lilás.

Ele começou me contando como Bernabá está conseguindo combater a corrupção, passando a limpo o passado recente e colocando o país nos trilhos. Afinal, nós o tínhamos convidado para ouvir exatamente isso e ele estava lá para dizer o que esperávamos dele. "Finalmente," ele disse, "os poderosos estão sendo processados e presos, o que nunca tinha acontecido." Concordei.

Conversar com uma celebridade, uma das maiores hoje em dia, me deixava animado. Eu me sentia até honrado de ele gastar seu tempo comigo. "Empreiteiros e políticos que governaram para si mesmos este país," retomou ele, "estão indo em cana, e em processos muito rápidos. Estão confessando publicamente os seus crimes." Como na época de Stálin, você quer saber? Não, não. Ele descreveu como estão procedendo. "Basta colocá-los incomunicáveis alguns dias para que admitam sua culpa e denunciem outros". Processo de reeducação é coisa de comunista, Stálin fez isso, mas o procurador e o juiz, não. Aliás, o propósito deles, além de consertar Bernabá, é acabar com os comunistas e defender a liberdade. E como ser contra a defesa da liberdade? Você vê contradição entre defender a liberdade e prender sem o devido processo legal? Talvez você tenha razão, mas o fato é que se revelaram inúmeras corrupções e, além disso, ele disse que o juiz está por trás disso tudo, que ele não faz nada sem a orientação do juiz. Então, a justiça está não somente acompanhando tudo, mas também dando todas as orientações de como buscar provas e pressionar os suspeitos para obter confissões. "Isso facilita as coisas," disse ele, "porque você não perde tempo em investigações longas e inúteis. Já sabe que as provas, mesmo inconclusivas, serão aceitas pelo juiz. Não há desperdício do dinheiro público." Tal como eu me lembro, o resumo da ópera foi este: "O mais importante é não precisar de provas conclusivas de crimes, basta ter indícios e algumas circunstâncias que favoreceram a prática da corrupção, porque é notório que, no andar de cima, todos são corruptos. A única questão é condenar alguns para que os demais tenham, pelo menos, medo. É o sistema que deve ser combatido, derrotado e demolido".

Se todos são corruptos, por que o procurador não foi atrás de banqueiros? Também lhe fiz essa pergunta. Ele disse que não há indícios do envolvimento deles em qualquer falcatrua. Sim, também perguntei sobre o agronegócio. Mas eles não podem investigar todos os poderosos, é preciso selecionar. Foi a orientação do juiz. Ele bem que queria ampliar a investigação.

É um homem sério e competente, não quer distinguir entre poderosos corruptos que podem ser investigados e poderosos corruptos que não podem ser investigados. Ele queria investigar e pegar todos. Mas o juiz não o deixou. "Não se pode comprar muitos inimigos de uma só vez", argumentou o juiz. É preciso selecionar, teria ele dito. Algo como: vamos condenar somente os corruptos que estavam ligados aos antigos governos de Bernabá; assim, ajudamos a criar um novo Bernabá; os evangélicos e o agronegócio fazem parte do novo Bernabá. Não, não perguntei sobre a milícia, não me ocorreu. Mas isso é só em Bernabá do Norte, não?

Você tem razão em lembrar que os empreiteiros que apoiaram o governo anterior foram mais visados. Mas, por outro lado, justamente por estarem ligados aos governos anteriores, são os que mais praticaram a corrupção. É óbvio que quem dá as cartas, embaralha-as do seu jeito. Sim, concordo que, nesse novo Bernabá, tudo está mudando: o poder político mudou de mãos, o dinheiro mudou de mãos, a religião está mudando de mãos, mas não sei se chega a ser um vendaval, como você sugere. Não vou tão longe a ponto de pensar que o combate à corrupção é só mais um capítulo dessas mudanças todas, que é só uma farsa daqueles que estão começando a controlar Bernabá e, para isso, têm de destruir os que antes controlavam o país. Não é só um projeto de destruição. Na parte econômica, sou liberal. O que condeno é o conservadorismo moral.

Se ele tem interesses escusos por trás desse comportamento? Se é um hipócrita? Você está sendo parcial, não estava lá para ver como o procurador-mor falou. Conversamos por duas horas, prestei muita atenção em tudo. Desde a palestra tinha ficado muito claro como o ex-presidente era o centro de tudo, como as provas todas apontam para ele. Um trabalho bem objetivo. Fiquei convicto de que o procurador só quer o bem de

Bernabá. Não, não acho esse pessoal uns caipiras que mal falam português. O discurso dele era bem articulado e bem coeso.

Sim, você tem razão, há boatos de uma doação por fora, uma espécie de donativo para o fundo anticorrupção. "Mas é preciso ver," ele disse, "que esse fundo permitirá mais ações contra a corrupção". Ele me explicou tintim por tintim como esse fundo funcionará, como não é dinheiro para eles, não é enriquecimento pessoal ilícito. Foi tudo acertado na devolução do dinheiro roubado por corrupção. Não, não me lembro dos detalhes agora. De qualquer forma, a ideia é brilhante: usar o dinheiro que resulta de atos corruptos para financiar o combate à corrupção. Você acha que por meio de mais corrupção? Bom, é preciso começar de algum jeito, fazer alguma coisa.

É verdade, você tem razão, o PIB de Bernabá vem diminuindo e, pior, a participação das indústrias no PIB vem despencando. Sim, nos últimos anos, a queda acentuou-se. Por que os empresários continuam apoiando quem não tem projeto para a indústria e destrói o mercado interno? Não perguntei, mas a resposta parece óbvia: eles defendem novas leis trabalhistas, uma reforma fiscal, privatização, desvinculação do salário mínimo e da aposentadoria com relação à inflação. Só benefícios para Bernabá! Mais ninguém parece ter a força e a ousadia de fazer essas reformas. Mas é verdade que, no final das contas, isso não tem gerado vantagens claras para a indústria. Também acho que Bernabá voltará a ser um país de produção primária, como aprendemos na escola. Precisaremos de duas décadas para Bernabá voltar a crescer.

Muito bem, está tarde, melhor você voltar para casa. Nos vemos no domingo, no aniversário da sua filha. Aliás, o que ela quer de presente?

O ser humano tem uma necessidade imensa de crer. O importante é crer, seja no que for. De que outra maneira explicar que uma pessoa inteligente e esclarecida caia no conto do vigário? Quantos não acreditaram na mamadeira de piroca? Uma amiga de adolescência me contou, outro dia mesmo, que ela pertenceu a uma seita por vinte anos. Só saiu dela quando leu um artigo de jornal, no qual uma pessoa contava sua experiência de trinta e dois anos numa seita, como demorou a perceber a enganação e como finalmente se libertara. Minha amiga percebeu que sua experiência era idêntica à dela e começou a se perguntar se ela também não era vítima de uma enganação. Nem sempre o mal triunfa. Nem mesmo o mal maior. Mas não quero dar esperança ao leitor. A esperança só nos faz esperar e é preciso agir.

Para encerrar esta investigação do nosso mal maior, tenho de voltar ao método anterior e retroceder no tempo. A educação e o exemplo, se não fazem o mal entrar no mundo, ao menos o perpetuam. Por isso, quem narra esse último trecho é um primo do juiz que o conheceu bem durante a infância e a adolescência. Veremos que esse primo atribui, como uma das causas principais desse mal maior que nos assola, a mudança religiosa pela qual Bernabá passa: os católicos destruíram aquela parte da Igreja que cuidava dos mais pobres e não só abriram a porta para os evangélicos, como lhes pavimentaram o caminho.

11 · UMA CONVERSA DE NATAL
25/12/1986, 20h

Tenho um primo apenas alguns meses mais velho do que eu, sobre quem vale a pena falar um pouco. Nunca nos demos muito bem, mas, como tínhamos idade parecida, acabamos por conviver durante as férias que passávamos com a nossa avó.

Quando criança, seu sonho era ser papa, dada a sua formação católica. Com a maturidade, perdeu a fé e a ambição de ser papa se transformou no desejo de ser presidente da República de Bernabá. Por vocação e influência do pai, acabou estudando Direito. Formou-se. Prestou o exame da Ordem dos Advogados, mas foi reprovado. Virou juiz. Em Bernabá, é muito fácil virar juiz, sobretudo se o pai é desembargador e o tio, um deputado federal influente.

Muito antes disso, meu primo já dava sinais de seu caráter, por assim dizer, duvidoso. Numas férias em Juvevê, no litoral de Bernabá, dividimos um quarto por duas semanas. Nossa avó ia para lá e levava os netos consigo. Estávamos na adolescência e ele gostava de jogar pôquer com outros hóspedes do hotel. Toda vez que perdia (e ele perdia com frequência), pagava sua dívida assinando notas no bar da piscina: queijo quente, cheeseburger, porção de fritas, refrigerante, água de coco e milk-shake. Todos queriam jogar pôquer com ele para depois se fartar, pedindo o que quisessem. Quem pagava essas notas era a nossa vó, que nem suspeitava das tramoias do neto.

Uma vez, tentando me impressionar, ele disse que estuprou uma menina na estrada da fazenda do seu pai. Ele passeava no final da tarde, a esmo, sem ter muito o que fazer e se afastou da sede. Perambulando pela estrada, encontrou uma menina de uns 13, 14 anos. Não sei se é verdade, mas fiquei com horror dele desde então. Mesmo sendo mentira, que tipo de gente é essa que se vangloria de ter estuprado uma menina?

Aproveito para falar de seu pai, um fazendeiro. Poucos sabem dessa história, mas ela chegou aos meus ouvidos. Pensam que sou discreto, porque não falo muito. As pessoas confiam em mim, sei lá por quê, e me contam coisas que não costumam contar para outros. Eis-me aqui, entretanto, a entregar segredos, desmentindo-as, mostrando meu lado fofoqueiro. Pois bem, minha mãe resolveu me contar uma história desse tio. De três irmãs, minha mãe é a do meio. Esse tio casou-se com a mais velha, mas, já casado, deu em cima da mais jovem. Esta, assustada, procurou minha mãe para saber o que fazer. O assédio durou meses. Não fizeram nada, abafaram o caso. Talvez tenha sido a decisão mais sábia. Meu tio e minha tia continuam casados e vão todo domingo à igreja.

Continuo me encontrando com meu primo em festas familiares, mesmo que tenhamos nos afastado. Somos muito diferentes, mas, no Natal, sempre conversamos um pouco, talvez em memória de uma infância já longínqua, quando abríamos os presentes juntos. Mesmo que os assuntos sejam meio aborrecidos, há alguma alegria que insiste em brotar de novo, todo ano. Ele sempre me conta um pouco de sua vida e eu lhe conto algo da minha. Confessou-me que seu plano, no novo Bernabá, é virar ministro do Supremo.

E explicou-me como via Bernabá no longo prazo. Em Bernabá, segundo meu primo, houve dois movimentos sociais importantes, um de esquerda, outro de direita. O de esquerda começou nas greves do movimento trabalhador e em setores mais à esquerda da Igreja Católica. O papa se encarregou de enterrar aqueles padrecos que se preocupavam com os pobres e com justiça social. Ele poria em cana os políticos corruptos de esquerda. O vazio deixado pela própria Igreja Católica facilitou o avanço dos evangélicos, que começaram a tomar conta da população e buscar forte representação política. Não há como segurá-los. Continuarão a crescer. No melhor dos casos, os católicos conservadores terão de se unir a eles. Ele começou a falar, então, sobre a possibilidade de se tornar evangélico.

Minhas noites solitárias

Esforcei-me, ao longo da minha vida, por só ter bons hábitos, mas recentemente criei um péssimo. Toda noite, logo após o jantar, sem nem mesmo levar o prato sujo para a cozinha, levanto-me da mesa e vou para a sala de estar, onde fica a televisão. Assisto sempre ao mesmo noticiário. Quero saber quantas pessoas morreram nas últimas 24 horas. Vou ouvindo as demais notícias, com algum interesse e em compasso de espera, lendo os letreiros que, monotonamente, se repetem na parte inferior da tela, na expectativa de ver se o número de mortos já foi divulgado. Raras vezes já o foram, o que me leva a permanecer ali, matando o tempo, à espera da morte alheia. Calculo na minha mente quantos mais terão morrido nesses cinco, dez, quinze minutos, antes de a notícia ser dada, enquanto fico ali, mais afundado do que sentado, com a comida pesando-me no estômago. Medidas inócuas para duas semanas eram tomadas e, com base num improvável sucesso, se especulava sobre a abertura de bares à noite e de escolas de dia. Pareciam crianças conversando sobre um jogo de faz de conta. E eu, ali, sem fazer nada, numa pura inatividade, só vendo e ouvindo, dia após dia.

O que mais posso fazer? Além de impotente, sinto-me ridículo, porque sei que esses números não são fiéis à realidade, embora não sejam de todo fictícios. Mas, como tudo parece fora de esquadro, números distorcidos encaixam-se perfeitamente nesse imenso pesadelo. Eu tinha muito medo por mim, por minha mulher, por meus amigos, pelos seres humanos em geral. Era um horror. Falar que é um horror, no entanto, virou um lugar-comum, expressão que todo mundo repete à exaustão, somente para fingir que se importa, quando já não sente mais nada e quer somente se livrar desse incômodo de ter de encarar os fatos. Mas era um horror, porque os fatos estão aí, mesmo que lhes viremos o rosto.

Com o tempo, passei a deixar a televisão ligada durante o próprio jantar, para ouvir de longe as vozes que se tornaram familiares e não perder tempo, enquanto me acomodava no sofá, colocando uma almofada nas costas. Eu me preparava para ouvir que estávamos chegando perto de mil mortos por dia e, depois, para ouvir que tínhamos passado de mil mortes diárias.

Por essa época, voltei a ranger os dentes durante o sono. Sobretudo de manhãzinha, ao nascer do sol, uma dor persistente no molar superior direito serviu de despertador para mim. Às cinco e meia, eu já estava acordado. A essa altura, eu entrava em debates minuciosos e saborosos da língua portuguesa: se o correto era "intubar" ou "entubar", quais suas diferenças, denotando já distanciamento ou indiferença com o sofrimento de cada ser humano.

Conforme os números subiam, eu ficava cada vez mais fascinado. O horror cedeu o lugar ao fascínio. O fascínio, creio, era este: ver seres humanos indo para a morte em fila indiana, um atrás do outro, tudo previsível, em boa parte evitável, mas o fato estava ali mesmo, estampado em nossa cara e ninguém parecia enxergar. Eu estava hipnotizado por um fogo que arde à noite, soltando suas faíscas, só que pessoas ardiam nessas chamas, como a inquisição queimando hereges ou regimes totalitários exterminando populações inteiras. Porque era bem isso mesmo o que estava acontecendo comigo: era como se eu fosse a uma praça pública ver uma bruxa ser queimada viva ou um traidor do rei ser enforcado; era como se, em vez de ler as histórias de Kolimá ou das terras de sangue, eu estivesse vendo-as numa tela. Por meses, foi um horror que me fascinou, como o fogo nos fascina numa noite de inverno.

Mas o fascínio desse horror acabou passando, embora não de uma vez. Quando o número de mortos baixou, senti um certo alívio, a dor de dente melhorou e eu até me sentava menos tenso no sofá. Nem precisava mais daquela dose diária de álcool a que tinha me acostumado nestes tempos sombrios. Deixei para beber só no fim de semana e em quantidades menores. Aquele horror tinha certamente diminuído, porque parecia que as coisas finalmente começavam, se não a voltar ao normal, pelo menos a nos dar mais liberdade. Em alguns raros momentos, eu até me sentia relaxado.

Os números, no entanto, logo voltaram a crescer, como previsto pelos especialistas e por qualquer pessoa com um mínimo de bom senso. Passamos de mil mortos por dia novamente e, como um foguete, chegamos a dois e até a três mil mortes diárias. E toda noite eu corria para a televisão, sentava no meu sofá, punha a almofada nas costas e bebia minha dose diária de mortos. Como as doses iam aumentando de maneira implacável, viciei-me nesses números: os de mortos, os de infectados, acompanhei as médias móveis, não só no Brasil, nas diferentes regiões, em cada estado, mas no mundo todo.

Confesso francamente: esse hábito de sentar no sofá para ver aquele noticiário que eu nunca tinha visto, mas do qual meus amigos sempre falaram mal, tornou-se um prazer, um prazer esquisito e perverso.

Não tardou muito para eu desejar que esse número não parasse de crescer. Entreguei-me de corpo e alma ao prazer solitário de ver a tragédia alheia, porque não existe a felicidade individual, isto é, a felicidade de uma pessoa sempre faz referência a outras pessoas. Aristóteles dizia que uma pessoa só pode ser feliz se a cidade for feliz. Eu, ao contrário, penso que toda felicidade individual exige a miséria alheia. Uma pessoa só é completamente feliz quando percebe que a felicidade é um bem raro. Que valor poderia ter a felicidade, se todos tivessem acesso a ela?

Não quero legislar sobre concepções alheias. Prefiro me limitar a dizer como eu vejo as coisas. Para mim, não deixa de ser uma satisfação ver os leitos de UTI lotados, desde que eu não precise ir para o hospital. E toda noite eu era agraciado com essa felicidade mórbida e inesperada. Nunca imaginei que eu pudesse auferir um prazer intenso por ser sádico. Por que não confessar abertamente minha doença mental? Não estamos numa época em que se podem dizer as maiores atrocidades, as coisas mais horríveis e ser ovacionado? Se há algo de bom nestes tempos sombrios em que estamos vivendo é que tudo pode vir à luz, mesmo o que há de mais podre em nós. Sobretudo o que há de mais podre em nós.

Eu torcia para ver o presidente aglomerando sem máscara, ver seus seguidores (muitos provavelmente pagos para estarem ali) contraírem e espalharem o vírus. Eu me rejubilava ao ver o ministro da Saúde dizer que não haveria lockdown ou distanciamento social, que máscara não serve para nada, que as vacinas estão atrasadas, que falta oxigênio nos hospitais. Aliás, nada mais delicioso do que ouvir o ministro da saúde falando de crescimento econômico e escutar o ministro da Economia dizendo qual vacina é eficaz e qual não é. Admito que eu me deliciava com essa troca deliberada de papéis. Seria uma decepção ver a situação melhorar.

Não consigo descrever o que senti quando passamos de quatro mil mortos num único dia. Quem precisa estudar os outros seres humanos quando, com um pouco de reflexão sincera e honesta, reconhece em si mesmo aquilo de que o ser humano é capaz?

A partir de um determinado momento, comecei a gostar, não propriamente da morte de pessoas reais, mas da morte por atacado, porque tudo aquilo, para mim, se transformou em números abstratos. Como todos, no princípio, eu tinha ouvido falar de fulano sofrer bastante em casa, de beltrano ser extubado depois de uma ou duas semanas na UTI, de sicrano morrer sem conseguir respirar. Essas eram pessoas de carne e osso, um parente distante ou um amigo próximo. Eu já não estava mais vendo pessoas, só um desfile diário de números abstratos. A morte deixou de ser a morte de uma pessoa, com nome e endereço, e passou a ser pura estatística. Modelos matemáticos previam com boa exatidão o que aconteceria em duas, quatro, oito semanas. Digo boa exatidão porque não erravam por muito, embora mesmo as previsões mais pessimistas ficassem aquém desses números já disfarçados.

Quando se chega nesse patamar, não morrem Josué e Sara, pessoas com nome, mas somente pessoas anônimas, que são jogadas numa vala comum. Mesmo artistas famosos deixaram de se distinguir da multidão. Tantos já morreram que nem me lembro mais de quem já partiu. Só aparecem agora quando se vacinam, como se estivessem a salvo e esse seria o nosso destino. Mas eu não sentava ali no sofá para ver qual artista famoso estaria por fim protegido. Não dou bola para eles, mesmo os melhores. De resto, quem gosta de ver que uma famosona se vacinou, enquanto ele não está nem no último lugar da fila, simplesmente porque não tem fila? Eu estava ali, diante da televisão, para ver um extermínio amplo, geral e irrestrito. Para ver o presidente rir, enquanto imita uma pessoa se sufocando.

Nem tudo, entretanto, me agradava. A burrice dos jornalistas me enervava, incapazes de identificar o erro das declarações oficiais e de usar a palavra exata para descrever o que estava de fato acontecendo. Essa incompetência descoloria a gravidade do horror. Tudo era edulcorado. Não chamar as coisas pelo seu nome me aborrece. Por exemplo, descontinuar em vez de interromper; inverdade no lugar de mentira. Mas não é só uma questão de vocabulário. Por mais que se criticasse o presidente, nunca a crítica o atingia em cheio, preferindo-se sempre um otimismo, mesmo que tímido. O presidente "mudou de tom", diziam, como se ele fizesse uma concessão ao jogo político e mostrasse algum senso de realidade.

O carisma que o presidente exerce é por ter a idade mental de uma criança de oito anos, ou até menos. O próprio balbuciar de sua fala denuncia isso. Ao ouvi-lo, qualquer um se sente tão inteligente quanto ele. Ele come as frases, não respeita a sintaxe. O que respeita, afinal? Os jornalistas também noticiavam com uma formulação em que se concede o benefício da dúvida a quem não quer esse benefício, porque nisso reside toda a graça de suas atitudes e todo o meu prazer mórbido. O que se quer é mesmo a morte de um monte de gente, esse morticínio todo é um plano deliberado.

E eu me sentava ali, sozinho, porque minha mulher já não me acompanhava havia meses. Ninguém mais ia para a sala de jantar, sentar ao meu lado e ficar escutando as notícias. Era um programa só meu. E meu único programa. Não faço quase nada, só fico em casa sem sair, exceto para comprar comida e remédio. Nem passear a pé eu vou. Nessas condições, minha existência ganhou uma intensidade ímpar com o espetáculo da morte alheia. Paradoxalmente, eu nunca tinha me sentido tão vivo.

Numa noite, em que o frio do inverno começava a chegar, ainda bem manso, para a minha surpresa, vi uma reportagem na qual se dizia que uma prima minha, conhecida cantora, acabara de ser intubada. Ela gostava de dizer que a vida pode ser dividida em duas fases: na primeira, estragamos o corpo e, na segunda, tentamos cuidar o que resta dele. Não me emocionei especialmente por ela, nem me esforcei para lembrar de quando brincávamos na infância. Tudo isso me parecia longe demais no tempo, minha prima vivia longe de mim, lá em Belém. Intubada, era quase como se ela já estivesse morta e somado um àquele número que, se você soma cem ou tira cem, não faz diferença nenhuma. Sequer telefonei para o seu marido, porque ele também devia estar infectado e debilitado. Também ele, para mim, já estava morto. Matei-os antes mesmo de morrerem. Melhor assim, melhor não incomodar os mortos. Nessa noite, percebi que o horror não exercia sobre mim mais nenhum fascínio, que o horror não me chocava mais.

Continuei, no entanto, a ver os comentários frívolos sobre o jogo político. O hábito de sentar na frente da televisão e ver o noticiário estava criado. Eu não podia mais viver sem essa rotina. Davam notícias como se quisessem derrubar mais um ministro, depois de dois já terem saído. Fingiam criticar o presidente, mas, no frigir dos ovos, estarão todos do lado dele, se não houver remédio, ou melhor, mesmo se houver remédio. Quanta hipocrisia! Quando o último ministro caiu, muitos se animaram. Pensavam que mais uma troca de ministro, além de enfraquecer o governo, poderia trazer outros benefícios. Talvez.

Parecia muita ingenuidade daqueles que ficavam torcendo da arquibancada. O jogo não seria alterado em nada: sairia o seis, entraria o meia dúzia. Eu era indiferente à troca de ministros, porque o barco, aquele barco dos infernos, continuava a correr do mesmo jeito. O barqueiro não mais pedia o óbolo, porque não tinha mais covas para tantos mortos, e contava piadas durante a travessia, fazia troça de seus passageiros, como se tivesse intimidade com eles, porque, afinal de contas, como um homem simples e franco, ele está no mesmo barco que todos nós. O prazer de ver o mal fincara suas raízes em mim.

Então, não sei por quê, quando mostravam imagens do presidente, eu começava a gargalhar. Olhava para os lados buscando a minha mulher, ignorando que ela já não estava lá fazia tempo. Eu voltava para o sofá e, de novo, mostravam o presidente defendendo remédio para vermes, dizendo que não era coveiro.

Eu queria me explicar à minha mulher, porque eu sabia que ela não entenderia a minha gargalhada. Eu queria dizer-lhe que a vida é uma piada, que nada tem sentido e que o melhor que temos a fazer é rir dessa comédia toda. Eu queria mostrar-lhe o ministro dizendo que é preciso vacinar a população para conter a pandemia, enquanto, cercado de assessores, falava sem máscara ao repórter. E, de novo, diante dessa cena, eu não conseguia controlar a gargalhada, nem os olhares buscando os olhos de minha mulher, para que ela risse comigo. Mas ela não estava lá.

O jardim

Não consigo parar de pensar na morte. Pensamentos perturbadores tomaram conta de mim antes mesmo da quarentena, logo que os primeiros casos começaram a ser noticiados. Um aluno meu apareceu no meu curso com aspecto doente. Perguntei o que era. Febre, tosse, cansaço, sintomas de gripe. Fiquei transtornado. Ele disse que o médico tinha diagnosticado pneumonia, não Covid. Mesmo assim, respondi. Não se vai à universidade com pneumonia. Dispensei-o. Não por generosidade, mas por bom senso, porque é o correto. Falei que ele poderia ir para casa, descansar e cuidar-se. Ele foi.

Na hora, não entendi esse comportamento, que me pareceu esquisito. Por que, estando com pneumonia, alguém vai assistir uma aula, em vez de se cuidar? O cansaço não é suficiente para perceber que é preciso deitar na cama e repousar? Depois, entendi. São pessoas tão ferradas na vida, tão acostumadas a serem maltratadas, que fazem essa besteira. Tornam-se subservientes. Fazem o que acham que se espera delas, quando o dever seria consigo mesmo, ficando em casa. Se se colocam na frente do outro, têm medo de se darem ainda pior. Mesmo assim. Não sou o opressor, só o professor. Estou ali para ajudá-las, mas parece que muitas não entendem isso. A vida as conformou de tal maneira que não podem entender isso.

Depois que ele saiu, não sei como consegui continuar a aula. Perdi a concentração. Havia um descompasso entre o que eu falava e o que rodopiava em minha mente. No caminho de volta, decidi não sair mais de casa. Desde então, estou confinado e não tenho coragem para dar um passeio, mesmo quando a rua está vazia. O medo de sofrer com a doença, de morrer e de perder os prazeres que me restam me dominou completamente. O que terá acontecido com esse aluno? Era mesmo pneumonia? Nunca mais o vi.

Tendo sido obrigado a me confinar em casa nesta quarentena, sinto como se já estivesse deixando de existir, aos poucos, com a felicidade se esvaindo pelos dedos. Olho meu rosto no espelho. Não me reconheço. Tenho uma dor angustiante no peito. O estômago está como um mar revirado. Tomado pelo pânico, com uma vértebra degenerada entre a coluna lombar e a dorsal, não posso mais jogar futebol, nem sair às ruas. Ainda respiro bem, mas já entrevejo minha morte por insuficiência respiratória.

Voltei a ter insônia frequente. Para combatê-la, passei a beber menos. Deixei de assistir séries policiais na televisão. Leio, toda noite, algumas páginas de um bom livro sob a luz cálida do abajur. Apesar disso, a inflamação da garganta causada pelo meu debilitado estômago não melhorou. Fui obrigado a evitar tudo aquilo que lhe faz mal. Perdi cinco quilos. Comecei a preocupar-me por estar perdendo peso em excesso. Estaria eu com câncer no estômago? Aos poucos, fui me acostumando ao novo ritmo de vida. O susto inicial passou, mas o nervosismo continua. Não consigo acreditar que eu tinha cinco quilos no corpo que não passavam de álcool e chocolate.

Não me sinto sozinho, nem claustrofóbico. Vivo numa casa espaçosa, um sobrado, com uma varanda que dá para um jardim modesto, no qual há duas ou três árvores frutíferas e algumas trepadeiras ao longo do muro. Minha família é grande. Somos eu, Mariana, os três filhos, duas cachorras, três gatas e quatro peixes. Meu caçula diz que os peixes não contam. Discordo. Sou eu quem dá ração duas vezes por dia, quem limpa o aquário a cada quinze dias. Todo mundo conta.

Há bastante movimentação na casa. Apesar dos afazeres domésticos, sobra algum tempo para me dedicar às minhas coisas, como, por exemplo, escrever este conto. Às vezes, consigo. Outras vezes, quando aqueles pensamentos invadem a minha mente, um torpor e um desânimo me assolam. Isso acontece com mais frequência do que eu gostaria. Em geral, voltam quando acompanho a curva exponencial dos mortos em São Paulo, no Brasil, no mundo. Em vários lugares do mundo, a situação já está se estabilizando ou até melhorando. Aqui só piora. Querem que saiamos às ruas, à cata de emprego.

Saio, mas para botar o lixo na rua. É dia do caminhão do lixo. Faz uma semana que não ponho os pés sequer na calçada. Sinto-me como aquele personagem de quadrinhos que vai atravessar o trilho do trem e olha para os dois lados, para ver se o trem está vindo. A visibilidade é boa, a estrada de ferro está num deserto, só há um ou dois cactos distantes na paisagem. Não vem nenhum trem. Ao menos, ele não vê nenhum. Quando resolve ir, um trem em alta velocidade passa por cima dele. É como me sinto. Quando vou pôr o lixo na rua, tomo bastante cuidado. Olho para um lado, não vem ninguém. Olho para o outro, também não vem. Posso sair. Mal ponho o lixo na lixeira, uma pessoa sem máscara passa do meu lado. Assusto-me. Sinto-me ridículo. Ridículo e amedrontado.

Uma das flores mais bonitas que existem é a flor do maracujá. Quando viemos morar nesta casa, plantamos uma muda em nosso jardim. Ela cresceu rapidamente. As lagartas, no entanto, são ainda mais rápidas. É impressionante. Num dia, o pé de maracujá está florescendo. Você imagina que dará flores e frutos. No dia seguinte, resta somente o caule. As lagartas surgem do nada. Depois de devorar todas as folhas, uma por uma, voltam para o nada de onde vieram. Elas parecem viver em lugar nenhum, são invisíveis, exceto quando destroem o maracujá. É horrível. Penso no que pode ter acontecido com aquele meu aluno que estava com pneumonia. Somos um nada.

Durante os almoços, fico a olhar pelas frestas do portão da garagem. Do meu lugar na mesa da sala de jantar, vejo pessoas caminhando, correndo, andando de bicicleta. Uns estão levando para casa em sacolas verdes a compra do supermercado do bairro. Outros passam, sem estar claro o que fazem na rua. Uns usam máscara, outros não. Em trinta segundos, passaram três amigos conversando, uma mulher solitária com máscara, dois ciclistas. Comento com minha filha que é muita gente para intervalo de tempo tão curto.

Então, é como se o mundo me ouvisse. Não passa ninguém por talvez quatro longos minutos. Olho atentamente, enquanto dou mais uma garfada. A rua continua vazia. Minha filha fica olhando comigo o mundo lá fora. Continua a não passar ninguém por mais dois ou três minutos. Reina um silêncio. Bate uma brisa agitando um pouco as folhas do caquizeiro, que começam a amarelar. Parece uma eternidade. Digo-lhe: "foi só eu falar que havia muita gente e a rua ficou vazia".

Queimo a língua de novo, como se o mundo me escutasse novamente. Ao longe, vejo algumas pessoas esparsas caminhando, a máscara mal encobrindo o nariz. Pouco depois, um pai cruza a rua de mãos dadas com o filho, ambos com o sorriso encoberto pela máscara, mas com o medo estampado no rosto. Meu vizinho leva seu cachorro para passear. Sem máscara, ele e o cachorro. E todos os cachorros da rua começam a latir uns para os outros.

Todo dia é domingo. Pelo menos, todo dia parece domingo. No começo, essa semelhança entre os dias fazia parecer que o tempo se arrastava. Agora, todos os dias parecem um só, como se o tempo estivesse voando. Na verdade, cada dia tem os seus pequenos detalhes. Há dias em que não consigo trabalhar direito, em que tudo perde sentido. Os dias oscilam, como as marés, mas sinto que na minha vida atual há mais maré baixa do que alta. Não, vivo em um período de maré morta, em que a água não sobe nem desce. É por isso que todos os dias parecem iguais. Olho o calendário. Hoje é quinta.

Depois de exercitar-me no jardim, sento-me na cadeira de balanço. As cachorras estão deitadas ao meu lado. Ouço o arfar da Lila. Nossas longas caminhadas, no entanto, estão suspensas. Atrás de mim, Mariana está lendo Thomas Mann em silêncio. Ao reclinar para trás, uma leve tontura me atinge. Fecho os olhos, respiro fundo e tento ficar o mais parado possível. Mareado, sentindo um vai e vem de ondas, cochilo meia hora. Em meu sonho, sofro uma metamorfose peculiar.

Eu me transformo num personagem de um romance. Ainda jovem, adoeceria de tuberculose e, gravemente enfermo, eu subiria as montanhas mágicas para curar-me. O sanatório, em meu delírio, é minha própria casa, esta em que estou confinado. Os médicos prescrevem uma rotina diária. Devo fazer sempre as mesmas coisas. Sendo iguais, os dias sucedem-se monotonamente. Pelas manhãs, após o café, para arrumar minha cama, dobro o cobertor como no dia anterior. Ato contínuo, estiro-me na espreguiçadeira do jardim para ler, enquanto me esqueço. O sol já está suficientemente forte para eu tirar o casaco. Tiro-o. Como parte das recomendações médicas, à tarde faço caminhadas, desde que não chova. Antes mesmo de conhecer o amor ou de ter qualquer experiência relevante na vida, eu teria sido capaz de apreender o essencial da vida: o desejo infindável das coisas. Fico esperando que alguém bata uma porta e o barulho me irrite. Mas ninguém bate uma porta. Nem mesmo o vento. Quando recobro a consciência, a vertigem se foi. E voltei a ser quem era.

Por mais que eu me proteja, o mundo externo não se cansa de entrar em minha casa como os pensamentos de morte entram na minha mente. Sem aviso e com surpresas.

Há pouco mais de uma semana, uma das gatas trouxe de presente um camundongo para a minha filha. Com o rato na boca, Maya entrou pela janela. Ficou brincando com a presa morta no quarto dela. Terá sido um presságio?

Logo no dia seguinte, apareceu um bicho quase irreconhecível no tapete da sala em que dorme uma das cachorras. Mariana achou que era um filhote de passarinho, porque parecia ter asas destroçadas. A Luna vive enterrando os passarinhos que batem no vidro da porta de correr e caem mortos no jardim. De fato, poderia ser um passarinho desenterrado. Mas, olhando bem, tinha duas orelhas pequenas. Devia ser um morcego. Como ele fora parar ali? As cachorras não são capazes de pegar um morcego. Uma delas, a Lila, está muito velha para isso. Mas por que as gatas deixariam um morcego morto, um troféu, no tapete da Lila? Esse é um mistério intrigante.

Nessa mesma noite, num dos raros momentos em que eu estava relaxado e me sentia tranquilo, Maya, possivelmente para brincar, mordeu minha mão. Como sangrou, lavei o ferimento. Lembrei-me na hora de que a veterinária tinha me mandado uma mensagem, havia exatas três semanas, de que a vacina dos animais vencera e que seria preciso vaciná-los de novo. Pão-duro, eu tinha adiado a vacinação. Seria irônico morrer de raiva no meio desta pandemia. Há mais de vinte anos ninguém morre de raiva em São Paulo. Animais, entretanto, são às vezes diagnosticados com raiva. Eu mesmo já vi, andando pelo bairro, um morcego cair durante o dia e se debater no chão. Só podia ser raiva.

Há alguns dias, apareceu um urubu no telhado. Nunca tinha visto um urubu por aqui. Mau agouro. Será que tem bichos mortos no telhado? Pensei em subir, mas é muito alto e me deu preguiça. Não deve ter nada lá. Um ou dois dias depois, as gatas caçaram mais dois camundongos. Um ainda estava vivo. Em pose orgulhosa, Ofélia olhava para o jardim, desprezando a presa apavorada. Esta tentou fugir ao destino, mas a gata deu-lhe uma patada. O camundongo aquietou-se de novo. Na segunda vez, conseguiu escapar, mas só porque a gata que o permitiu para poder sair no seu encalço. Deixei que ela se divertisse com suas brincadeiras sádicas até matá-lo. No outro dia, meu filho mais velho descobriu o camundongo morto num canto do jardim.

É noite. Mariana acaba de dormir. A insônia se apodera de mim. Fico lendo mais um pouco. Vou até a janela para baixar a persiana. Em vez disso, fico contemplando o jardim através do vidro. Reina uma paz perfeita. A lua, quase cheia, ilumina com sua luz prateada as árvores, os arbustos e a grama do jardim. Há um jogo de sombras.

Vejo uma revoada de morcegos. Chegaram cedo este ano. Aos poucos, apuro meu ouvido e começo a ouvir barulhos antes imperceptíveis. Presto atenção aos sons, que se revelam horripilantes. Consigo ouvir o ultrassom dos morcegos para localizar suas vítimas e, ainda mais surpreendente, ouço os gritos quase humanos emitidos pelos insetos antes de serem devorados pelos morcegos, como se soubessem que vão morrer. Um genocídio está em curso.

No meio da ramagem, escuto lutas ferozes entre os insetos.

Enquanto fico pensando quão cruel o mundo é, a lua caminhou no céu e agora ilumina o jardim de outro ângulo. As sombras mudaram de lugar e de figura. Percebo que Mariana se agita na cama. Está tendo algum pesadelo. Então, ela acorda e me pergunta se não vou dormir. Fecho a janela e me encaminho para a cama. Tudo volta à calmaria anterior, à perfeita calma de um cemitério.

Talvez porque tudo esteja vazio e silencioso, as baratas estão saindo mais para passear. Tenho matado uma quase todos os dias. Ontem mesmo, no quarto de empregada, pisei em uma que tentava se esconder atrás da cômoda. Saiu uma gosma branca. Fiquei a olhar, com nojo, aquele bicho morto. Ainda assim, suas antenas balançavam. Estaria viva ou morta? Fui incapaz de enxergar, nessa cena, qualquer elemento primordial. Meu aluno ainda estaria vivo? Teria ele sido esmagado pela vida?

Ouço o som de uma coruja. Já faz muitos dias que, toda noite, Mariana me pergunta: "você está ouvindo a coruja piar?". Com a calmaria propiciada pela quarentena, os pássaros estão reconquistando o espaço perdido. Uma coruja deve ter vindo morar em nosso jardim. Há bosques grandes com muitas árvores aqui perto. Pergunto-me se ela veio em busca dos ratos. Saímos para o jardim e ficamos quietos, tentando ouvir o seu pio característico. Ela pia uma vez, duas vezes e ainda outra vez. Não há dúvida. Há uma coruja rondando por aí.

Muitas e muitas vezes as lagartas destruíram o pé de maracujá. Não sobrava uma folha, só o caule fino. Eu ficava torcendo para as lagartas não voltarem, mas elas sempre voltavam. E o pé de maracujá sempre renascia. Em todas essas vezes, brotava de novo com o mesmo viço de antes. Esse ciclo durou uns dois ou três anos, talvez mais. Já perdi a conta. Parece que as lagartas sabem o quanto comer para deixá-lo apenas vivo. É mais provável que elas não saibam nada. Só não comem o caule porque é duro demais para elas mastigarem ou digerirem. Não sei. Não entendo de lagartas. Só sei que o pé de maracujá acabou triunfando, espalhou-se pelo muro e subiu no telhado. Hoje mesmo peguei do chão um maracujá maduro e pesado. Não é verdade que somos um nada. Resta, ao menos, um fiapo. Mais do que um fiapo. Um caule duro. Graças a ele o pé de maracujá renasce.

Como de hábito, após o café da manhã, vou para o jardim, quando o sol bate mais forte e se firma. À tarde, ele se esconde atrás das árvores. Depois que elas cresceram, o jardim ficou mais fresco e a casa esquenta menos no verão. Neste outono, é importante que o sol matinal aqueça os quartos no andar de cima. Deixei as persianas levantadas. Inspiro o ar e vejo o céu azul, sem nenhuma nuvem. O dia está lindo. Todos os dias têm sido lindos. Estranhamente, tenho me sentido bem. Fisicamente, quero dizer. Contemplo o pé de maracujá, que já há algum tempo dá flores e frutos. Ontem mesmo fizemos um suco no almoço. Hoje, quem sabe eu faça uma caipirinha. Faz tempo que não tomo uma. Meu estômago está bem melhor, penso.

Volto para a varanda e me sento na cadeira de balanço, com o sol no rosto. Permaneço assim por alguns minutos. Meu corpo quer mover-se. Balanço um pouco e logo me levanto. Não é desse tipo de movimento que preciso. Ando até a beira da varanda e, como se fosse pela primeira vez, percebo uma miríade de borboletas diante de mim, com suas cores vibrantes e seus movimentos aleatórios. Em sua maioria, são pequenas e laranjas, mas há brancas e amarelas. É como se as próprias cores voassem.

Chego perto de uma flor de maracujá, atraído por seu perfume. Este também flutua pelo mundo, impulsionado pelo vento. Como são pequenas, as abelhas do jardim não conseguem polinizar o maracujá. Coloco o dedo bem no meio da flor para polinizá-la.

Ver o ciclo da natureza me fez pensar em metamorfoses. De lagartas em borboletas, de pessoas em insetos. Consultando alguns livros na estante, deparei-me com o de um grande poeta que retratava todos os tipos de metamorfoses, como se a vida não fosse senão essa incessante mudança de formas.

Depois, topei com uma divertida história contada por outro grande poeta da Antiguidade. Zeus queria deitar-se com uma mulher e, para isso, esperou que o marido viajasse para assumir a sua forma. Passaram juntos alguns dias e, quando o marido estava a ponto de regressar, retornou à forma divina. Comenta o poeta que, para a sorte de Zeus, eles eram recém-casados. Os deuses se transformam em pessoas, porque têm inveja de nós, do nosso amor. Quando gozamos, trovejam nos céus.

Pensei na metamorfose do autor em seus personagens. Em dois versos terríveis, que dizem que o coração do poeta é um hospital no qual todos os doentes morreram. Em outro poeta, que escreveu que ele não perguntava como um doente se sentia, mas se transformava no doente.

Pensei em uma metamorfose ainda mais surpreendente, a de alguns personagens, como Hamlet, Macbeth ou Otelo, em pessoas reais, como se conversássemos com elas na vida, enquanto eclipsam o próprio autor, que se supõe nunca ter existido. E também em personagens que, como filhos órfãos, andam à procura do seu autor.

Eis-me aqui, à minha procura, eu que deixei de ser autor e virei personagem. Mariana ainda poderá me ter (como personagem) depois que eu morrer (como autor).

Metamorfoseio-me também em meus filhos. Dada a natureza das coisas, os seres humanos não se reproduzem sozinhos. Como somos um nada, são precisos dois nadas para gerar outro nada. Assim, não somos exatamente um nada, mas metade de nada. E porque o nada não engendra nada, mas duas metades de nada engendram, metade de nada é, paradoxalmente, mais que nada.

O nada apenas nos circunda, é aquele horizonte que está sempre presente, mas nunca chega. Quando chega, já não estamos mais presentes, já nos transformamos em outra coisa. Diante da morte que nos ameaça e nos assola, tento continuar a existir por meio de meus filhos e deste conto. A escrita e o sexo são tentativas desesperadas de escapar ao nada que nos cerca. Como os espelhos, duplicam os seres humanos.

Abraço, com carinho, Mariana. Olho para os dedos longos e finos do meu filho mais velho e, depois, para os olhos azuis de minha filha. O caçula me pergunta: "Papis, você quer brincar do quê?".

Despedida

Há algo perturbador que causa esta necessidade incontrolável. Fui diagnosticado com câncer. Um sarcoma no pulmão. "A família sarcoma é complicada", disse-me o oncologista. "Qual família não é?", respondi. Não me resta muito tempo, alguns meses, com sorte, dois anos. Pela localização, tamanho e enraizamento, descartou-se uma cirurgia para a sua remoção: "se conseguíssemos tirar com êxito todo o tumor, o que é improvável, você morreria; se deixarmos uma parte, será pior do que não operar". Farei um mês de radioterapia e, depois, partiremos para a quimioterapia.

Tenho de preparar minha despedida. Não quero deixar esta vida sem me despedir de todos aqueles a quem amo, não só para que eu continue a existir nas suas memórias, mas sobretudo para que saibam o que sinto por eles. Por alguma razão que preciso descobrir, tenho essa necessidade premente de comunicar meus sentimentos mais intensos às pessoas de quem gosto, das mais próximas àquelas que, mesmo com pouca convivência, fazem parte de meu círculo de amizades. Esse impulso, que vem do fundo da minha alma, me perturba. Porque não consigo satisfazê-lo. Trago em mim um desejo, ao mesmo tempo essencial e insaciável, pelo menos insaciado, uma insatisfação permanente.

Não sei por que essa obsessão com as despedidas. Odeio despedidas. São afastamentos, rupturas. Despedir-me é como antecipar a morte. Mas ela já não está diante de mim, ou melhor, dentro de mim?

Não há nenhuma novidade nessa perturbação. É minha velha conhecida. Somente assumiu uma feição nova. Aos dezesseis anos, tive hepatite e fiquei de cama por três semanas, e ainda outra sem poder sair de casa. Comecei a escrever num caderno mensagens para amigos e amigas, expressando o que eu sentia por eles. A amizade que eu tinha pelo Fernando, o amor pela Lúcia. Não me lembro de ter escrito para a Pati, porque seria inútil. Estávamos namorando. Ela sabia o que eu sentia por ela, apesar de tudo. Mas ela terminou o namoro enquanto eu estava de cama, tendo de repousar. Se escrevi algo, devo ter riscado.

O caderno ficava no chão, embaixo da cama, meio escondido, mas ao alcance das mãos, para que eu pudesse escrever a qualquer instante o que me ocorresse. No entanto, eu escrevia muito raramente. Era mais um desejo de escrever do que uma atividade à qual eu me dedicava. Minha capacidade de redação era pequena. Para cada amigo, poucas linhas. Três ou quatro bastavam. Para a Irene, escrevi um pouco mais, enquanto para o Fábio mal terminei a segunda linha. Álvaro, Soninha, Annibal, Paulinha... A lista era grande. Muitos, caso lessem meu caderno, se surpreenderiam por estarem ali: Alvinha, Zeca, Sílvio, Karen. Os sentimentos pareciam ricos e complexos, como se eu tivesse muito para escrever, mas, ao colocá-los no papel, poucas palavras eram suficientes para o que eu tinha a dizer. Contando as linhas riscadas e os rabiscos, mal cheguei a escrever duas páginas. Ainda guardo na memória a imagem da primeira delas, mas não o que escrevi.

A redação devia ser confusa também, mas havia algo infinitamente pior do que o estado mental de confusão com que foram escritas. Terminei por nunca dizer nada a ninguém. Nunca lhes entreguei escrito algum. Todos os meus sentimentos permaneceram comigo, não em seu estado bruto e não lapidado, mas tingidos por uma sutil tristeza que domina o fundo da minha alma. Sobrevivi daquela vez. Não se morre de hepatite. E agora, sobreviverei a este sarcoma?

Os anos passaram. Os sentimentos, não. Nem a frustração. Durante a minha vida toda despedi-me dos amigos, não pessoalmente, mas na minha imaginação. É verdade que enviei algumas cartas importantes para o exterior. Mas é que esse exterior ficava mais na minha cabeça do que no mundo real. Nunca mais escrevi algo, exceto talvez num caderno imaginário. Optei pela oralidade. De fato, eu ficava a imaginar conversas, nas quais eu lhes dizia, com uma naturalidade que sempre me faltou, o que sinto por eles. Esses devaneios me aliviavam um pouco o peso da alma. Mas, claro, fantasias assim são muito ineficazes. Tão logo passam, a insatisfação perturbadora volta com toda força.

Quando morrer, quero morrer com a alma leve. Após a quimioterapia, preciso dar um jeito nessa dificuldade que resulta de uma insegurança ou vergonha que trancafia os sentimentos dentro de mim. É hora de falar tudo abertamente, de expor-me. Mais importante até do que falar, é ser ouvido. Minhas palavras precisam chegar aos ouvidos certos.

Antes, porém, preciso escrevê-las.

Minha despedida será meu último abraço às pessoas queridas. Um abraço ardente, tanto mais ardente porque porá um fim à longa insatisfação do meu desejo. E, então, poderei morrer.

Hesito, no entanto. É dura a derradeira despedida.

Não escreverei uma carta para cada um. Essa carta, que escreverei à mão (e como poderia ser diferente, se se trata da carta mais íntima que jamais escrevi?), será coletiva. Quero que me vejam como um todo. Não me refiro só ao que tenho de bom e de mau, mas, de maneira mais ampla, como todas as coisas em minha vida estiveram integradas umas às outras. A vida afetiva forma um conjunto indissociável de sentimentos e emoções. Separá-los seria deixá-los como fiapos da manga, que presos entre os dentes ficam nos incomodando, em vez de saborearmos a fruta doce.

E bastará uma única carta coletiva, a qual ficará na gaveta, até que, passada a quimioterapia e com alguma sobrevida, eu possa entregar pessoalmente uma cópia a cada um. Os outros escritos, como aquelas importantes cartas que escrevi na juventude e aquele caderno secreto, perderam-se. O que importa, se terão esta despedida, que será a derradeira?

Começo me despedindo de Gabriela, com quem nunca casei, mas que considero minha esposa. Na verdade, nunca foi sequer minha namorada. Mal dei-lhe uns beijos no cinema, uma vez, quando tínhamos dezesseis ou dezessete anos de idade. Após a sessão, disse-me que tinha outro namorado. E isso foi tudo. Continuei amando-a. Até que um dia ela me disse que não aguentava mais ver minha cara apaixonada sem poder corresponder. Sentia-se constrangida. Nunca mais a vi.

Na minha imaginação, porém, as coisas se passaram de outro modo. Ela me amou e nos casamos. Ela se apaixonou por mim quando, logo no começo, me perguntou o que eu esperava da nossa relação. Respondi-lhe que gostaria de envelhecer a seu lado. Essa resposta a pegou desprevenida. Não esperava tal delicadeza de minha parte. Eu disse isso porque já estava apaixonado, porque seu sorriso era doce e tímido. Pouco depois, falamos do desejo de ter filhos. Ou talvez tenha sido antes. Estamos envelhecendo juntos. Após cada reviravolta da vida, nosso amor retorna de outra forma.

Nesta fase difícil pela qual estou passando, pode ser que, se a quimioterapia for inútil, ela venha a sofrer muito em breve uma perda irrecuperável. Eu quero que ela saiba que ela é a mulher que eu amo, que amei e que amarei, que foi a mulher da minha vida.

Também quero me despedir dos meus filhos, aqueles que nunca tive. Para eles, eu gostaria de poder dizer que a minha vida foi repleta de alegrias, que me lembro de quando nasceram como se fosse hoje. Ou de quando conheci sua mãe, Gabriela. Que aproveitei cada momento em que respirei esse ar que enche meus pulmões. Em que vi a água brincar com a areia na beira do mar. Em que marquei um gol ou rebati a bola de tênis para o outro lado. Que não faltaram jantares agradáveis com amigos. Que viajei e descobri arquiteturas novas, contemplei atento o rosto de pessoas desconhecidas, tentando adivinhar se eram felizes. Que, ainda jovem e sofrendo as dores do amor, sonhei que andava de mãos dadas com a mulher que me rejeitou e acordei feliz. Que fui feliz como um ser humano pode ser feliz.

Tive em minhas mãos a felicidade de ler muitos livros de literatura ou de filosofia, e o prazer de escrever os meus. Li os *Ensaios* de Montaigne, o *Tratado da natureza humana* de Hume, aprendi a gostar dos *Diálogos* de Platão. Acho que até entendi o pensamento de Kant. Viajei no tempo com uma máquina inexistente e testemunhei a guerra do Peloponeso. Conheci o amor na Provença e em Paris. Durante anos, na decadência do Império Austro-Húngaro, esperei a visita de um amigo para lhe formular duas perguntas cujas respostas eu já sabia. Vislumbrei numa repartição em São Petersburgo uma sombra atrás de mim que me deixou inquieto, porque era eu mesmo. Desvendei um crime como um detetive rechonchudo, porque vi no espelho, de surpresa, minha imagem, quando outros, muito melhores do que eu, não se reconheceram a si mesmos, porque se olhavam demais nele.

Mas o meu maior prazer foi ler os livros de meus amigos: seus poemas hai-kai, seus contos paulistanos ou recifenses, seus artigos sobre ceticismo. Porque, enquanto eu lia, eu conversava com eles e, depois de ler, eu também conversava com eles.

Sinto-me frágil. A radioterapia abalou-me. Passei a ter tonturas frequentes. Sempre tive a impressão de que, quando dominado pela fragilidade humana, eu me tornava uma pessoa melhor, mais compreensiva, amena e afetiva. Ainda bem que, como agora, eu me senti fragilizado muitas e muitas vezes. Foram, paradoxalmente, os melhores momentos da minha vida. Contudo, na maior parte dela, por me sentir bem, julguei as pessoas com rigor excessivo, embora não a mim mesmo.

Desde pequeno o convívio com gente rica me incomodou. Acima de tudo, detesto a dominação. Com frequência, eu procurava a companhia de pessoas menos favorecidas. Acho que essa atitude benevolente está em minha natureza. Não virar as costas a quem estende a mão. O fato é que acabei não convivendo nem com ricos, nem com pobres. Não convivi com quase ninguém.

Também recebi uma forte educação para a virtude. Quando éramos crianças, minha irmã mais velha costumava roubar um pacotinho de mel do pipoqueiro na saída da escola (a mais nova ainda era bebê nessa época). Eu nunca roubava nada, mas ela às vezes me fazia sentir que eu era um bobo, porque era muito fácil pegar um pacotinho sem ninguém perceber. Um dia, decidi roubar um. Minha mãe viu, me fez devolver o mel para o pipoqueiro e me passou um sermão na frente de todos os que ali estavam. Com essa lembrança, aproveito para me despedir das minhas irmãs e da minha mãe.

Quis o destino que eu vivesse nas montanhas, onde nasci e decerto morrerei. Também delas quero me despedir. As montanhas têm o seu encanto. O encanto de um silêncio atravessado por caminhos tortuosos, de uma brisa suave sob o sol de rachar.

Cada curva da estrada deixa-me curioso para saber o que tem depois dela. Tem outra curva que instiga de novo minha curiosidade. E curva após curva, com redobrada curiosidade, vou contemplando a paisagem, as vacas, outros animais. Assim passa uma vida.

Mas sempre vivi na cidade, entre carros, poluição e violência, não nas serras. Odeio São Paulo. Para mim, uma cidade desse tamanho é como um câncer na superfície do planeta. E, no entanto, nunca saí daqui. Vivi aprisionado no meio desse amontoado de concreto sem planejamento. Não tenho mais condições de viajar para lugar nenhum. Minha casa não tem vista. O pouco de vista que tinha, da janela lateral no quarto de dormir, ficou obstruído pelas árvores que eu mesmo plantei. Quando muito, vislumbro carros passando pela avenida atrás da casa ao lado. Enquanto ouço o som esparso de alguns deles, guardo comigo o doloroso sentir das memórias felizes de férias que passei em fazendas quando era pequeno.

Não acredito no destino. Nas três vezes em que morei fora de São Paulo por algum tempo, acabei vivendo em cidades longe do mar. Tenho de entender por que nunca tomei a decisão de ir morar na praia.

Após uma sessão de radioterapia, tenho uma rápida vertigem e preciso sentar-me. Cochilo por meia hora e um sonho vem-me à cabeça.

Eu teria nascido numa cidade litorânea e vivido toda a minha vida passeando ao longo da orla. Sou um escritor e, inspirado pela maresia, caminho com uma musa, sempre ao pôr do sol, conversando e de mãos dadas. Como um poeta romântico, antes mesmo de conhecer o amor ou de ter qualquer experiência relevante na vida, eu adoeceria de tuberculose. Mesmo assim, eu teria sido capaz de apreender o essencial da vida: o desejo insaciável pelas coisas.

A enfermidade me obriga a subir as montanhas para curar-me. O sanatório, em meu devaneio, é minha própria casa, esta em que estou redigindo minha despedida. Os médicos prescrevem uma rotina diária. Devo fazer sempre as mesmas coisas. Pelas manhãs, após o café, para arrumar minha cama, dobro o cobertor de pelo de camelo como no dia anterior. Estiro-me na espreguiçadeira do jardim para me proteger do frio. O sol já está suficientemente forte para eu tirar o casaco. Tiro-o. Como parte das recomendações médicas, tomo um pouco de sol todos os dias. Os dias sucedem-se com monotonia. Se, no começo, parece mais lento, o tempo termina por passar rapidamente. Todos os dias são um só.

Essa rotina me revigora. Os médicos me autorizam a voltar para a praia, o que me enche de alegria. Poderia caminhar com os pés descalços, ouvir o marulho do mar. Que alegria! De repente, penso: será a visita da saúde?

Quando recobro a consciência, a vertigem se foi. As cachorras estão deitadas ao meu lado. Ouço o arfar da Cora. Não há vento. Atrás de mim, Gabriela está lendo alguma coisa em silêncio. Isso me acalma.

Fica-me a sensação de já ter tido esse sonho, em outro contexto, com outro significado. Sonhos repetidos dão mais consistência à vida. Um sonho que dura a vida toda é a própria vida. Apego-me a este pensamento.

A redação é longa e o tempo, breve.

Começo, finalmente, a quimioterapia. No dia, não sofri nada, mas nos dias subsequentes um mal-estar geral e progressivo tomou conta de mim.

Meu único arrependimento é ter mudado de escola aos onze anos de idade. Pode parecer bobagem, mas não é. Se fosse, eu não tocaria no assunto. Não posso desperdiçar o pouco tempo que me resta. Embora isso seja o mais difícil, quero me concentrar no essencial.

Ao trocar de escola, perdi amigos. O único que ganhei, na escola nova, teve esquizofrenia quando éramos muito jovens. Ainda estávamos na faculdade. A morte, no entanto, só lhe chegou no fim do que seria a maturidade. Se ele tivesse tido uma maturidade. Uma vida desperdiçada e sofrida. Era um menino inteligente, bonito e delicado. Fazia sucesso com as meninas. Fui ao seu enterro há cerca de três anos.

Fico me perguntando o que seria de mim se não tivesse trocado de escola, se não tivesse perdido os amigos da escola antiga, se tivesse me relacionado nos principais anos da formação afetiva com pessoas das quais eu gostava, em vez de conviver com essa elite desprezível e mergulhar numa solidão sentimental da qual jamais emergi completamente. Teria eu sido uma pessoa diferente da que sou? Teria eu sido mais feliz? Agora, é tarde para modificar-me. Só me resta arrematar esta vida que construí.

Lembro-me, adolescente ainda, de despedir-me de amigos que viviam bem longe. Tão longe que nunca mais os vi. Tinha ido visitá-los e, na hora de ir embora, eu lhes disse: "vamos nos despedir, abraçando-nos pela última vez. Depois, seguiremos sem virar o rosto para trás". Eles fizeram como sugeri. Eu o sei, porque no último momento, antes de apresentar o bilhete ao funcionário do aeroporto, como quem entrega o óbolo ao barqueiro, virei-me para vê-los sair pela grande porta de vidro em direção ao mundo ensolarado. Sinto vergonha até hoje disso, mesmo que eles não saibam de minha fraqueza por ter virado o rosto. Ao vê-los fazendo o que combinamos, fiquei com a sensação de que eles não se importavam mais comigo, de que, ao me deixar para trás, ganharam o mundo, enquanto eu me recolhia ao meu mundo, do qual eles não fariam mais parte. Mas estão na minha memória até hoje. Nela, eles nunca cruzaram aquela grande porta de vidro. Como eu gostaria de reencontrá-los e de contar-lhes essa história!

Quando entregar uma cópia desta despedida a cada um de meus muitos amigos, quero olhar-lhes nos olhos. Quero agradecer-lhes por todos os momentos que passamos juntos, mas sobretudo por aqueles em que estávamos unidos só pelo coração. Por todas as intimidades ou banalidades trocadas, quando contamos uns aos outros os episódios de nossas vidas. Porque é nesta vida que as coisas resplandecem mais, brilham ao sol, florescem como na primavera. Foi uma pena que, com o passar do tempo, fui vendo-os cada vez menos, até quase não os encontrar mais. Adeus, então, a todos aqueles a quem eu quero muito e que, de um modo ou de outro, me querem.

A meus inimigos, cujos nomes prefiro esquecer, mas em quem não consigo deixar de pensar, e cuja lista, embora não muito longa, infelizmente é maior do que eu gostaria, também deixo uma última palavra, com o hífen preservado pela reforma ortográfica: fodam-se!

Quando chegar perto da hora fatídica, quando tudo estiver com um gosto amargo, não terei condições de redigir, com a decência e a solenidade exigidas, o que por tanto tempo ficou preso entre as cordas vocais, nem terei a oportunidade de limpar a garganta para falar em alto e bom som, como acabei de fazer agora mesmo. Expressar nossas paixões é uma forma de higiene mental.

Graças a esta despedida, sinto um grande alívio e até um bem estar, apesar de tudo. Fico a imaginar quão grande será o prazer quando, finalmente, eu a entregar às pessoas queridas. Imagino que conseguirei não somente me libertar da maldição de um silêncio que já dura décadas, mas também alcançar uma intensificação sem precedentes dos meus sentimentos. Tenho a impressão de que eu poderia me conciliar com o mundo e com todo mundo.

Deixo-me arrebatar por essa fantasia. Começo a entender aquela sensação mística de deixar o individual de lado e passar a integrar a humanidade, a animalidade, a natureza, o cosmo, de deixar o corpo para trás e entrar num domínio puramente espiritual. Uma transcendência se apodera de mim. Algo como uma ascese espiritual.

Será que é isso o que nos acontece quando finalmente saciamos os desejos que nos constituem e nos impõem nosso mais difícil desafio? Será que, no mesmo momento em que satisfizéssemos esses desejos, perderíamos nossa individualidade, como se a morte fosse o gozo supremo da vida?

Mas não pode ser isso. A morte não pode ser o sentido da vida. A vida é seu próprio sentido. O gozo da vida deveria ser o próprio ato de viver.

Acabo de descobrir que o sarcoma já tem metástases. A quimioterapia não produziu o efeito esperado. Demorei para procurar um médico. Este, por sua vez, teve de eliminar muitas possibilidades antes de me encaminhar para um oncologista. Enquanto isso, o câncer avançou até o ponto de ficar irreversível. A quimioterapia começou tarde demais. Sempre é mais tarde do que imaginamos.

Ao longo da vida, graças a um medo excessivo, fui capaz de me proteger de ameaças externas, mas a causa de minha morte virá de dentro de mim mesmo. Dessa, não há como fugir. Talvez meu sarcoma fosse irreversível desde o começo, mesmo se o diagnóstico tivesse sido feito logo que senti os primeiros sintomas. Talvez minha insatisfação permanente já estivesse instalada em mim muito antes de desistir de amar uma mulher porque me feri mortalmente no primeiro amor, antes de mudar de escola, até mesmo antes de levar bronca por roubar um pacotinho de mel do pipoqueiro. Mas quem há de saber isso?

Uma coisa parece certa: sendo quem eu era, naqueles precisos momentos, eu não poderia ter feito de outra maneira.

A ressonância magnética revelou uma metástase no cérebro. Já não controlo perfeitamente os meus movimentos. É difícil segurar a caneta e escrever com letra caprichada. Felizmente já redigi quase todas as despedidas que pretendia fazer. Agora, falta pouco. Mas, sempre, sempre escapa um erro aqui e acolá. Imposível corrigir tudo.

Estou ofegante, mal consigo respirar, um cansaço avassalador toma conta do meu corpo. Não consigo tomar banho, nem me alimentar sozinho. O oncologista disse que não vale mais a pena fazer outra sessão de quimioterapia. Constato, para meu horror, que não conseguirei fugir ao meu destino. Quem consegue?

Paradoxalmente, agora que minha morte se aproxima, não me sinto sozinho, eu, que tantas vezes me senti solitário, eu, que quando tive a oportunidade de aproximar-me das pessoas, acovardei-me. Passei a vida tentando transmitir meus sentimentos mais intensos e íntimos a pessoas queridas sem jamais conseguir. Não me faltou tempo, tinta ou papel. O que houve? Enquanto eu me distraía escrevendo às pessoas ou imaginando nossas conversas, esqueci-me delas. Meu ponto cego, fui incapaz de entendê-lo. Perdi-me nos meus labirintos. Tornei-me um homem invisível que escreve para seus fantasmas. Habitei um forte isolado diante de um grande vazio. Fiquei atento, com os olhos no horizonte, esperando os bárbaros, sem me dar conta de que o bárbaro era eu mesmo.

Tentar satisfazer meu impulso foi como lutar contra mim mesmo. Sempre houve algo em mim que me impediu de realizar meus desejos. Esta carta-despedida não chegará a seus destinatários. Esse é o meu destino.

Quando eu tinha uma vida pela frente, a incomunicabilidade significava uma frustração. Agora que me considero morto, ela já não tem importância nenhuma para mim. Ao contrário, não ter entregado nenhuma carta talvez seja precisamente o que tornou meus sentimentos tão intensos e a vida, tão valiosa. É como se meu peito fosse uma estufa onde crescem flores exóticas. Se a vida não tem sentido, ao menos temos relações afetivas. Nossos sentimentos são a única coisa que importa. E eu os tive muito intensos. Fui feliz, com uma pitada de tristeza que só aumentou a minha felicidade.

O que mais eu poderia querer? Morrerei como sempre vivi. Afinal, minha vida acabou e, se pudesse viver de novo, faria tudo exatamente como fiz.

AGRADECIMENTOS

Quando julgou ter, finalmente, uma primeira versão completa de seu novo livro, o autor pôs-se a escrever os agradecimentos. Muitas ideias vieram-lhe à mente. As primeiras, claro, foram as mais convencionais e, burocraticamente, anotou alguns nomes, com medo de esquecer outros. Rabiscou duas ou três linhas, deixando para depois uma redação mais bem acabada. Na semana seguinte, acrescentou mais um ou dois nomes à lista. Enquanto isso, retocava o seu livro.

Nos livros acadêmicos, agradecimentos são indispensáveis. Quando escreveu e, depois, publicou sua tese sobre o *Nostromo*, de Joseph Conrad, o autor desfilou todos os agradecimentos possíveis e imagináveis, inclusive a instituições. Em notas de rodapé, agradeceu sempre que podia fulano ou beltrano pelas menores contribuições. Era muito zeloso com isso. Mas agora era diferente. De crítico literário passou a escritor. Cabe escrever agradecimentos... num livro de contos?!

O autor ficou matutando sobre esses agradecimentos. Ao examinar um livro pela primeira vez, as pessoas passam os olhos em algumas páginas privilegiadas: o prefácio, o índice, a primeira página, as orelhas e a quarta capa. Se houver um agradecimento, costumam ler parte dele. E, se tiverem alguma relação com o autor do livro, é natural que procurem seu próprio nome. O autor se baseou em si mesmo. Se ele fazia isso, por que outros não o fariam também?

Posso dar um testemunho em sua defesa. Soube de uma pessoa, não muito próxima a mim, que, quando recebeu o livro publicado por um dileto amigo, logo abriu no índice onomástico, para ver se o seu nome aparecia ali e, depois, mergulhar no mais pleno êxtase, ainda que nunca tenha lido uma página da obra que, para ele, era até aquele momento insignificante. É normal. Os seres humanos somos todos vaidosos.

Por isso, perguntou-se o autor, por que não satisfazer a vaidade natural das pessoas? Parecia-lhe correto reconhecer a ajuda delas. Gostava de parecer modesto. E, como todo verso tem seu reverso, seus leitores, ao ler seu livro, não estariam igualmente satisfazendo a sua vaidade de autor? Como a ingratidão é um vício grave e não custa nada colocar alguns nomes no final, pôs mãos à obra.

Então, o autor redigiu o seguinte:

Eu gostaria de agradecer a alguns amigos que leram estes contos, ou alguns deles, e deram valiosas sugestões para melhorá-los: José Alfredo Santos Abrão, quem me ajudou a aperfeiçoar a minha escrita quando eu era adolescente e, agora, de novo; Waldomiro José da Silva Filho, com quem venho discutindo filosofia e literatura, bem como trocando textos filosóficos e literários nos últimos vinte anos; Lilian Escorel, por ter revisto dois contos; Ivo Coser, que me ajudou nos dois últimos capítulos; Rosana Piccolo, com quem venho colaborando mais recentemente e que tem me ajudado a realizar meus projetos literários; e a Renato Mefistófeles Rodrigues, quem, embora não seja meu amigo, me deu a ideia do desfecho de um dos contos.

Não ficou satisfeito. Era pouca gente. E talvez houvesse alguns erros: a Lilian leu os contos incluídos no livro ou foram outros contos? Não teria sido o Waldomiro que deu o desfecho do conto? Já não lembrava mais. Percebeu, ainda, alguns erros. Por exemplo, a expressão "alguns deles" ocorria logo depois "alguns deles" seriam "alguns dentre os amigos", e não "alguns contos". Repetiu expressões muito similares: "quem me ajudou", "que me ajudou" e "quem me deu"; "com quem" apareceu duas vezes. Escreveu "dois capítulos" em vez de "dois contos". Riscou esta última frase e a reescreveu: "Ivo Coser, que me ajudou em outros dois". Trocou "com quem venho colaborando recentemente" por "cuja colaboração é mais recente". Parou e respirou fundo. O livro parecia não terminar nunca. Até um reles agradecimento protocolar dá trabalho.

Ocorreu-lhe, então, outra ideia, mais divertida. Pensou em agradecer àqueles acadêmicos que disseram que ele tinha morrido: Michel Foucault, Roland Barthes, Jacques Derrida e tantos outros. Mas como ele tinha morrido, se o livro dele está ali mesmo, para provar que ele continuava vivinho da silva? Quem tinha morrido era o Foucault, em 1984, o Barthes, em 1980, e o Derrida, em 2004. Não, não poderia fazer essa piada que, além de sem graça, era somente uma adaptação de outra. O que Deus disse? Nietzsche está morto".

Fora que seus colegas diriam que ele estava confundindo a pessoa com o autor. Quem morre é a pessoa. O autor é eterno. Ou, pelo menos, vive enquanto durar algum exemplar de seu livro. Não é por isso que muitos escrevem? Para tentar fugir da morte e da finitude humana? Não, não queria enveredar por essas discussões aborrecidas, de gosto puramente acadêmico. Se enveredasse por esse caminho, o autor entraria em discussões teóricas e isso era tudo o que queria evitar. De resto, nem tinha lido o Derrida...

A melhor resposta para o tédio acadêmico era o humor. Lembrou-se de uma piada. Para tudo que Deus criava, o Diabo tinha o oposto. Quando Deus criou a luz, o Diabo criou a escuridão. Quando Deus criou o bem, o Diabo criou o mal. E assim por diante. Deus começou a se irritar. Nada era suficientemente bom que o Diabo não conseguisse inventar algo mau. Então Deus pensou algo perfeito, mas tão perfeito, que não pudesse ter um oposto mau: o professor universitário. O Diabo, então, criou o colega.

Precisava fazer algo diferente, teria de ser mais interessante. Era um grande desafio e não se sentiu capaz de decifrar algo comparável ao enigma da esfinge. Voltou à convenção estabelecida e deixou os agradecimentos como estavam. Melhor não arriscar.

Mas queria arriscar.

Havia uma solução à sua disposição. Transformar os agradecimentos num conto. Ideia estranha, pouco promissora, mas, pelo menos, o autor permaneceria no campo da literatura. Como era seu hábito, em vez de pensar nas vantagens da nova ideia, tratou de antecipar e examinar os problemas. (Ele era um chato.)

O autor pensou que, se escrevesse seus agradecimentos na forma de conto, então seria acusado de uma nova confusão, a de não distinguir entre si mesmo e o narrador. Não seria uma acusação injusta, admitiu para si mesmo. Quando escrevia e reescrevia uma passagem de um conto, ele se embaralhou ao ter de decidir se ali cabia falar do autor ou do narrador. Sua hesitação provava que ele não sabia a diferença entre eles.

Agora, ao repensar seus agradecimentos, é obrigado a voltar a essa questão, pensá-la com o devido cuidado e dar-lhe uma solução mais precisa. Se o autor não é, exatamente, nem a pessoa nem o narrador, então deve ser alguma entidade meio concreta, meio abstrata entre um e outro. Não sem alguma ironia, pensou que, se usasse seu nome verdadeiro, seria autor, se usasse um pseudônimo, seria narrador. Gostou desse pensamento.

Sempre quis publicar um livro com um pseudônimo. Sairia de cena e, em seu lugar, entraria um narrador. Muitas vezes ficou imaginando qual nome daria ao seu narrador. Em dois concursos de contos já escolhera nomes falsos para si mesmo. Na primeira vez, deu-se um nome de mulher: Cornélia de Namis, inspirado no nome de sua bisavó, que viveu até os 98 anos, e na palavra grega para senso comum (*koine dunamis*). Ninguém jamais entenderia o significado desse nome absurdo. Muitas mediações. Na segunda, escolheu um nome bem sem graça: Fernando Borges de Assis. Muito óbvio. Qualquer leitor bem informado identificaria suas preferências literárias com facilidade e sem necessidade desse pseudônimo.

O autor precisava concentrar-se no seu difícil problema sem dispersar-se. Voltou à vaca fria: como escrever os agradecimentos na forma de um conto?

Um conto com o título "Agradecimentos" talvez não fosse tão bizarro quanto poderia parecer. Deixaria o leitor, ao examinar o índice, desorientado. Seria um conto ou um agradecimento? O número sugere que seja um conto, mas, pela localização, poderia ser um agradecimento final.

O autor, como tantas outras vezes, estava somente adaptando ideias alheias. Augusto Monterroso já tinha tido a ideia genial de dar o seguinte título a um de seus livros: *Obras completas e outros contos*. Como assim? Se são completas, que outros contos poderiam ser acrescentados? O truque é simples e engenhoso: um dos contos se chama "Obras completas", de modo que o livro é composto do conto "Obras completas" e de outros contos. Ele escreveu um conto inteiro só para poder dar esse título. Nosso autor escreveria um conto chamado agradecimentos" só para poder agradecer a alguns amigos de maneira que esperava ser surpreendente e engraçada.

O fato de se apropriar de ideia alheia não o perturbava muito. Saber de quem roubar uma ideia já é um mérito. (Pense-se na Geni e na Bola de Seda.) Millôr Fernandes dizia que copiar um é plágio, copiar quarenta é pesquisa. Nosso autor se sentia fazendo "pesquisa". Mas poderia não passar de um plagiador. (No conto "Duplos", comete duplo plágio). Mas como julgar isso?

Plágio não é só roubar uma ideia. Também pode ser a usurpação de todo o seu desenvolvimento, seu contexto. Ter uma ideia é fácil. Qualquer um tem. O difícil é desdobrar essa ideia em algo complexo e articulado. Quando todos os elementos que a compõem (o personagem, as ações, o contexto, o significado) é do outro e as variações são mínimas e irrelevantes, então já se pode começar a falar de plágio. Conheço uma pessoa que plagiou tanto que deve ter copiado até a dedicatória.

Agradecer não evita somente o plágio, ao reconhecer o mérito alheio. Evita o apagamento de si mesmo, por reconhecer o mérito alheio. Por permitir incorporar a ideia alheia numa perspectiva própria. Estava divagando de novo. Não conseguia sequer começar o seu conto.

Por isso, de novo, preferiu voltar ao agradecimento convencional. A essa altura, o livro já estava quase pronto. Só faltavam os agradecimentos. Mudou um pouco a redação, com o intuito de não diminuir o mérito de ninguém, e mostrou-o aos agradecidos. Alguns dos agradecidos agradeceram, mas não viam tantos méritos quantos o autor lhes atribuía. Modestamente, protestaram. Sugeriram correções. O autor, então, voltou à redação antiga, que não lhe agradava inteiramente

Exasperava-se, mas era teimoso. Queria porque queria redigir um agradecimento que fosse original. Não poderia ser irônico, nem um conto propriamente dito, porque não passaria de uma historieta banal. Tampouco queria deixar de fora pessoas que, embora não estivessem diretamente relacionadas com a redação e correção do livro, tinham sido fundamentais para a sua concepção.

Pensou, por exemplo, que o livro começou a ser escrito quando tinha uns 17 ou 18 anos de idade. Naquela época, já escrevia alguns contos e mostrava para algumas pessoas. Entre elas, estava o seu professor Celso Favaretto. Precisava agradecer-lhe, porque lhe era efetivamente grato. O autor se lembrava dos comentários que, com boa vontade e incentivando-o, ele fazia de seu primeiro projeto de livro. Por mais que se esforçasse por apontar méritos, era evidente que tinha encontrado poucos. Os defeitos, no entanto, eram numerosos e significativos. O autor percebia que teria um longo caminho pela frente. Não imaginava que esse caminho precisaria de décadas para ser percorrido.

Mas o autor não poderia agradecer ao Celso, ao menos não, se escrevesse a verdade. Ele não lhe mostrou uma versão prévia do seu livro. Talvez porque tinha se envergonhado ao ouvir seus comentários. Claro, esse era um defeito do autor, de sua juventude, quando ainda não sabia ouvir comentários, isto é, não sabia como transformar comentários, bons ou ruins, em oportunidades para melhorar o seu texto.

Se fosse enveredar por esse caminho de narrar toda sua trajetória até esse livro, os agradecimentos ficariam longos demais. Teria de se referir ao curso que fez com o Zé Alfredo e a todos os anos em que conversaram de literatura, trocaram textos, comentaram seus textos e chegaram até a escrever a quatro mãos. Teria de lembrar um conto que escreveram juntos, e o Zé, seu amigo, disse-me: "você escreve o final, porque você escreve finais melhor do que eu". E, então, orgulhoso, o autor escreveu um ou dois parágrafos em que o desfecho era o personagem caindo pela janela do alto de um edifício e todo o conto era o que ele via durante a queda. O Zé não gostou nada desse final. Como incluir, nos agradecimentos, essa história?

O leitor pensará que o autor progrediu pouco desde então. Escrever um conto sobre agradecimentos para fechar seu livro é tão ruim quanto aquele final infeliz. O que o Zé pensaria desse desfecho?

O autor ficou remoendo histórias do passado que poderiam levar a outros agradecimentos. Uma vez, duas amigas leram um conto pequeno, datilografado. O conto imitava Guimarães Rosa, por exemplo, abusando do ponto e vírgula. Naquela época, Luis Fernando Verissimo escreveu uma crônica em que dizia, aludindo ao James Bond, ou 007 (o 00 indica o agente que tem licença para matar), que 00 era a licença para os jovens escritores matarem o português! E fez toda uma lista de 001 até 007 de pecados capitais na literatura. O 002, se não me falha a memória, era a licença para imitar o Guimarães Rosa. Lá pelas tantas, nesse conto, aparecia a palavra "perverserar". Uma delas achou que eu estava inventando uma nova palavra e ficou tentando entender o significado desse (aparente) neologismo. Sem conseguir atinar com nenhuma interpretação que desse sentido ao seu uso no conto, perguntou ao autor o que ele queria dizer. Este percebeu seu erro de datilografia: era para se "perseverar" mesmo, não havia nenhuma alusão a algo "perverso". O autor aprendeu que inovações têm de ser feitas com muito cuidado, porque um erro pode passar por uma inovação.

Os agradecimentos não poderiam entediar o leitor. Esse era um dos medos do autor. Para não se alongar excessivamente, teria de excluir não somente a sua esposa e seus filhos (especialmente a Estela), que tiveram de aguentá-lo em suas manias e deixá-lo em seu isolamento para que conseguisse alguma intensidade na escrita, como também a sua mãe, seu irmão e cunhada, e vários amigos que leram um ou outro conto, sem comentar nada, e outros tantos que receberam o manuscrito, mas não leram nada. A propósito, Eduardo Torres (citado por Monterroso) escreve: "poeta, não presenteie o seu livro; destrua-o você mesmo". Mas, para o autor, quando um amigo se dispõe a ler, ainda que não o leia, já ajudou muito.

Em suma, o autor se encontrava diante de um dilema. Ou fazia um agradecimento convencional, ou fazia um agradecimento original. De um lado, recusava-se a tratar seu livro de literatura como um livro acadêmico. Era muito sem graça. O autor estava justamente fugindo dessa camisa de força. De outro lado, não encontrava uma boa solução. Cada caminho esboçado esbarrava numa dificuldade: uma brincadeira teórica, um conto longo e tedioso... O risco era muito alto.

Não havia solução: melhor deixar o livro sem agradecimentos.

Posfácio

Clarice L. Yastremska

Minha amiga, a editora Germana Zanettini, gentilmente me solicitou que eu escrevesse um prefácio para este livro, embora eu ainda não conhecesse o seu autor, nem tivesse lido o livro. Eu sequer ouvira falar o nome dele. "É um livro de estreia," disse-me ela, "mas o autor começou com o pé direito. O prefácio pode ser curto. O importante é valorizar o livro com o seu nome, será um convite à leitura do livro, uma recomendação sua. Com o seu nome na capa, muita gente vai folhear o livro e acabar comprando-o. Se você não gostar e não quiser escrever o prefácio, tudo bem, tenho outra pessoa em vista." Respondi-lhe assim: "Posso escrever o prefácio mesmo se eu não gostar do livro? Não seria mais interessante para o leitor que ele seja apresentado de maneira crítica do que criar falsas ilusões a seu respeito?". Ela deu de ombros. "E o autor," retomei, "quer ele ser elogiado para se sentir lisonjeado?". Ela sorriu discretamente e, com malícia, comentou: "Ele tem olhos azuis e sobrenome inglês. Você ia gostar dele." Suspirei, cansada daquelas insinuações da Germana. Dei um último gole no café, retoquei o batom e, levantando-me, disse que leria o livro e responderia em uma semana. Antes de sair, ao passar pelo balcão, fiz questão de pagar a conta.

Embora eu tenha lido o livro todo naquela mesma semana, demorei para responder-lhe. Fiquei matutando. Assim que comecei a ler, não consegui parar, porque, ainda que pudesse ser melhorado aqui e ali (de fato, há diversos erros de português e passagens em que o estilo deveria ser corrigido), está muito

De outro lado, algo me incomodava na ideia de redigir o prefácio. Trata-se de um livro claramente escrito por um homem que, por alguma razão a ser desvendada, me afeta na minha condição de mulher. Tentei rabiscar alguma coisa, mas não saía nada. Tudo o que eu começava a escrever parecia antes atrapalhar o leitor do que encaminhá-lo para os contos. Eu estava desorientada sobre como pavimentar para ele o acesso ao livro. Registro essa dificuldade para dimensionar as críticas que farei a seguir, já que resultam de perspectivas incompatíveis e, por isso, talvez não devam ser levadas excessivamente a sério.

Eu não me decidia. Tentei um método aleatório. Folhear algumas páginas aqui e ali, seja para refrescar a memória, seja para ver como o autor descrevia exatamente tal ou qual cena, não me ajudou a tomar uma decisão. Um ou outro conto, dos quais gostei mais e com os quais sentia mais afinidade, eu os li de cabo a rabo inúmeras vezes. Mas outros não me seduziam, não me diziam respeito em absolutamente nada.

Fui obrigada a ler o livro inteiro outra vez. Ocorreu-me uma experiência rara, mas talvez significativa. Quanto mais eu tentava entrar no livro, tanto mais ele entrava em mim. Apesar disso, em nenhum momento eu me senti próxima dele como um todo. Ao contrário, quanto mais eu convivia com o livro, mais a sua deformidade me espantava. Em vez de entendê-lo melhor, eu me desorientava de vez.

Uma decisão se impunha e eu não podia continuar postergando uma decisão. Não apenas a Germana esperava minha resposta há tempo excessivo, mas o livro já estava pronto para entrar em produção. Só faltava o meu texto.

Telefonei para ela e marcamos outro café no mesmo lugar em que ela tinha me feito o convite, para retomar o assunto exatamente onde paramos, como se, tratando-se do mesmo lugar, o tempo não houvera passado. No caminho, eu ainda hesitava. Mas, quando nos sentamos e ela pediu um cheesecake para acompanhar o café, comecei a falar de maneira desinibida (o que é raro, dado que sou tímida e não gosto de falar), não sem antes fazer um preâmbulo. Lembrando-lhe da nossa longa amizade, da admiração que tenho pelo trabalho dela como poeta e sabedora de seu empenho como editora, respondi-lhe que aceitava a honra.

Com voz firme, acrescentei: "desde que seja um posfácio". Mesmo sem ter anotado numa lista, enumerei com uma inesperada clareza as razões para isso. Eu não queria estragar a surpresa do leitor antecipando coisas que o autor não gostaria que fossem antecipadas, revelando o que o leitor deveria ter o prazer de descobrir por si mesmo, adiando inutilmente o contato entre o autor e o leitor, que deveria ser imediato. Numa obra antiga, talvez seja preciso contextualizá-la, dar informações biográficas sobre o autor, falar da tradução, se for o caso. Nada disso seria necessário nesse livro. Ela cedeu à minha argumentação. E, depois de comer uma torta de nozes, pagou a conta. (Eu não comi nenhum doce: açúcar em excesso me deixa enjoada e engordei na pandemia.)

Enfim, eis-me aqui, tentando me desincumbir da espinhosa tarefa de escrever um posfácio para esse livro. (Sim, "espinhosa", porque esse livro é como uma rosa, cuja beleza e perfume são evidentes, mas, quando a seguramos, o espinho fura o dedo e faz brotar uma gota de sangue.)

Comecei por pensar como eu caracterizaria, de maneira genérica e com uma única palavra, o livro. Não demorei para achar a resposta: eu ousaria qualificá-lo de estranho, seja porque, como um projetil que perfurou minha pele e se alojou em mim, se tornou um corpo estranho, seja porque ele o é por si mesmo.

Essa estranheza fica escancarada logo no primeiro conto no qual o narrador, querendo uma vida nova, tem de lidar com a velha. Um narrador que, para começar a se entender, tem de se colocar numa posição externa à sua. Um narrador que julga precisar de "óculos novos", quando o problema são seus próprios olhos: ele os tem "vidrados", isto é, na forma de vidro. Pergunto-me se o autor percebeu esse trocadilho? Deve ter percebido, porque isso é essencial na história. No entanto, ele não dá nenhuma mostra de o ter percebido...). O mais estranho é um narrador que precisa ser espancado para voltar a uma certa normalidade. Que tipo de narrador é esse? De quem o autor está falando? De si mesmo? Quem ele é, afinal?

Neste mundo tecnológico e informatizado, não foi difícil obter algumas informações profissionais sobre o autor. Bastou colocar seu nome na internet. Mas nem precisava, porque em "Duplos", salta aos olhos sua profissão. Vê-se que ele se alimenta do passado, que sua vida foi dedicada, em grande parte, a conhecer a história da cultura ocidental e, em particular, da filosofia. A questão que fica é: terá ele aprendido algo com toda essa bagagem ou tudo o que ele conquistou não passa de mera erudição? O que ele foi capaz de digerir disso tudo? O conto é, entre outras coisas, uma reflexão sobre o que aprendemos na vida. Muito pouco, se entendi bem. Mas pode ser que eu não tenha entendido, porque o final não ficou muito claro, ao menos para mim. De fato, nos dois primeiros contos, o autor arma muito bem a trama, descendo a detalhes muito vívidos, mas, quando chega a hora de concluir, é excessivamente breve, como se não soubesse o que quer dizer.

Esse é, talvez não por acaso (o que não significa que foi deliberado, isto é, que tenha sido uma decisão tomada conscientemente pelo autor), o tema do terceiro conto, "A entrevista", um personagem, não em busca de seu autor, mas do desfecho do conto que está escrevendo. Claro, aqui narrador e autor se confundem. O autor não sabe como finalizar um conto e apela à solução mais trivial do mundo: o personagem vende sua alma ao diabo (ou ao seu representante). Ele poderia ter dado seu reino por um cavalo, para usar outra expressão batida, e o conto se passaria no Jockey Club. O autor reconhece, embora de maneira indireta, que quem lhe forneceu a solução foi o seu amigo Waldomiro José da Silva Filho (de quem li dois belos livros, diga-se de passagem, intitulados *Os dias* e *A calamidade*, com os quais, aliás, identifico-me bem mais). Amigos são para essas coisas.

Se tem algo que eu posso dizer sobre o livro, é que ele está desatualizado. Não nos enredos: o autor coloca seus personagens no meio do trânsito, fala de óculos progressivos, se refere à situação recente do país, inclui contos que tem a pandemia como pano de fundo. Isto é, nosso autor está falando dos dias que correm, de nossos problemas pessoais, existenciais, morais e políticos. Apesar disso, é uma lavoura arcaica, por assim dizer. Suas referências implícitas, mas óbvias, são a autores clássicos (como Jorge Luis Borges, Fiódor Dostoiévski e Dino Buzzati) e se vê pouca alusão à produção mais recente. Na verdade, nenhuma.

Essa lacuna é de tal forma sistemática que só pode ser deliberada. Há uma resistência a dialogar com a produção recente, como se o autor se sentisse incapaz de separar aquilo que faz sucesso por causa da moda e o que perdurará para além do momento atual. Eu recomendaria ao autor ler a produção mais recente, sobretudo, a de escritoras.

Devo reconhecer que, embora o autor pareça viver num universo masculinizado, rude e às vezes até violento, há delicadeza nos traços com que ele delineia os personagens e na articulação dos enredos. E até, para minha surpresa, um cert humor. Quando, em "As estátuas dos discípulos de Buda", um personagem quer se entregar por um crime que não cometeu, o delegado lhe pergunta: "O que não houve?". É como se ele, tal qual Penélope com seu xale, nos enganasse, desfazendo à noite o que teria feito de dia. É um conto pueril, porque se trata de uma fantasia infantil, mas que não se reconhece como tal. Voltemos à ideia de que o autor é antiquado.

Eu ressaltaria outro aspecto dessa atitude de resistir ao avanço dos tempos. O autor parece se esquecer de que houve um movimento modernista que libertou a linguagem de amarras artificiais, as quais vemos presente no livro. Com frequência, ele coloca os pronomes nos lugares certos, isto é, naqueles lugares previstos pela gramática, mas que ninguém coloca ali e, portanto, são os lugares errados. Ele abusa da vírgula, usando todas as vírgulas opcionais e travando a fluência, sem deixar a frase correr. O autor não chega a ser um purista (nem, muito menos, um perfeccionista), mas ele se recusa a se soltar, exceto ocasionalmente, como se toda emoção precisasse ser filtrada pela razão. Ele soterra, por assim dizer, seus sentimentos, ocultando-os, jogando-os para baixo do tapete. O que ele deveras sente?

E, no entanto, e isso é que é estranho, esquisito mesmo, eles estão ali, à mostra, para qualquer um ver. Essa mistura de razão e sentimento é bem peculiar a nosso autor, um homem maduro-quase-idoso, se eu puder me expressar assim, e, no entanto, iniciante, inexperiente. Não há o que lhe censurar: percebe-se que ele é assim, que esse é o seu jeito de escrever e que ele não pode fazer de outro modo. Parte do seu encanto, ao menos para mim, está nessa exótica combinação. Nosso autor é um animal raro preso numa jaula do zoológico da literatura. Ele não vive solto pela mata, mas pertence a uma espécie em extinção, como um panda. Se alguém quiser ver um exemplar vivo, minha recomendação é ir logo ao zoológico.

Fico a imaginar que ele é como o enfermeiro de "A morte não errou o endereço", com seu livro pessoal de contos preferidos. Alguém que escolhe como profissão acompanhar as pessoas em seu leito de morte, mas quem morre é ele mesmo. Outra vez me pergunto: será que o autor se deu conta de que ele próprio decreta sua morte, numa vida pouco saudável, enquanto vê idosos morrerem, enquanto lê sobre a morte e sequer a reconhece quando chega? De que adianta essa experiência e essa erudição se isso não impacta a própria vida? Ele recorre a um tema pisado e repisado da literatura clássica, de modo que desse chão não brota mais flor nenhuma. E justo esse conto para dar título ao livro!

Ele posa de deprimido, afeta um ar melancólico ou uma dor existencial lancinante, confiando em que falar da morte bastaria para conferir seriedade. Será o autor uma pessoa com trejeitos? Revira os olhos para cima quando crê falar algo profundo? Ele se esconde atrás de um rigor excessivo. Fica muito artificial. E vazio. Ele oferece ao leitor somente essa máscara. Pura insegurança. Por trás, talvez exista até uma pessoa doce. Talvez seja isso o que ele queira: sem dar a cara ao tapa, quer que imaginemos uma expressão em seu rosto.

Ao ler o livro, fiquei com a impressão de que o autor é uma pessoa insegura (não quero falar do escritor, porque nunca me encontrei pessoalmente com ele). Essa insegurança revela-se numa maneira de narrar as histórias em que ele tenta se escorar em andaimes sólidos para não desabar. Isso gera, não um desconforto no leitor (posso dizer que não provocou em mim), mas uma curiosidade: o que, de fato, está se passando, para além do que está sendo narrado?

Esse é o âmago da sua narrativa masculina: o autor não se abre para o leitor. É preciso, de alguma maneira, trazer à luz seus sentimentos, arrancar-lhe à fórceps suas emoções. Mas esse, percebe-se logo, é um jogo de gato e rato. Uma arapuca Cairá o leitor na armadilha preparada pelo autor? Este coloca ali, um queijo, mas, se morder, algo de ruim poderá acontecer àquele: o leitor poderá ficar preso e esmagado. A sensação é a de haver algo que se esconde do leitor, mas que o autor está ali à espreita, esperando para dar o bote.

A certa altura, somos picados e o veneno penetra em nosso sangue. Quer dizer, eu fui picada, mas não por uma cobra. Um vampiro me mordeu no pescoço. Seu sangue se misturou ao meu sangue. Metamorfoseando-me numa vampira, sua angústia passou a ser a minha. Uma carência tomou conta de mim e me dominou por dentro.

Fiquei possuída por essa sensação, eu diria, quando terminei de ler o conto mais longo e mais complexo do ponto de vista narrativo: diferentes vozes que se superpõem, o enredo retrocede no tempo, tentando arrancar o mal pela raiz ("O delator"). Mas imagino que cada leitor se sentirá capturado pelo livro em algum momento, pelas mais diferentes razões. Eu sou uma mulher política e foi somente quando me dei conta de que há um significado político que o livro me cativou. Embora comece com intensidade (a qual, por vezes, cai, é preciso confessar; fica aqui a dica para o autor quando ele for escrever futuros livros), é aos poucos que o livro conquista o leitor.

Certamente alguns leitores só se sentirão cativados quando o livro, depois desse conto explicitamente político, volta a se recolher na intimidade do personagem principal e enfoca a solidão exacerbada pela pandemia, como se essa solidão fosse a peste intrínseca do ser humano. Particularmente, acho "Minhas noites solitárias" muito próximo a "Óculos novos", só que com um desfecho trágico. O narrador se isola progressivamente, encerrando-se na sua própria loucura, e, embora não seja o autor, revela que, no fundo da alma deste, jaz uma leve tristeza.

Essa sensibilidade para a distância excessiva que a vida acaba por impor às pessoas, afastando-as umas das outras também está presente em "O jardim". A mesma visão pessimista da vida reaparece, só que de maneira mais bonita e refinada, sobretudo naquela cena em que o marido está acordado à noite, olhando o jardim pela janela, enquanto a esposa dorme. Ele vê o mundo lá fora, numa aparente tranquilidade, mas no fundo, para quem olha de perto, há uma luta intensa, cruel mesmo. Uma metáfora ácida da vida. Tenho a impressão de já ter lido isso em outro autor e, para ser franca, até me pareceu plágio, mas, como não consegui me lembrar quem escreveu algo parecido, nem onde, não posso fazer a acusação. Em literatura, onde acaba a citação implícita (ou a apropriação) e onde começa o plágio (a mera cópia piorada)?

Uma última palavra. Nosso autor (depois de percorrer o livro diversas vezes e escrever este posfácio, já sinto uma certa familiaridade com ele, como se o conhecesse de perto e até bem demais) gosta de brincar com as fronteiras da realidade e da fantasia. Quem não? Nada mais tradicional. Batido mesmo. Falo por mim: eu, de minha parte, estou cansada desse recurso da literatura.

Como já tinha feito em vários outros contos, ele, em "Agradecimentos", faz com que pessoas reais se tornem personagens e personagens sejam pessoas reais, só que de maneira mais radical e mais explícita, ou seja, esse é o tema do conto. Literatura falando de literatura. Muito autorreferente. Isso me enfastia um pouco. Mas talvez ainda se possa vislumbrar alguma graça nesse procedimento por causa de um tratamento relativamente original dessa ideia. Por ser professor universitário, o autor está acostumado a escrever agradecimentos em seus livros e artigos. É praxe. Ele nota que essa prática está se estendendo aos literatos. Nenhum escritor fazia isso antes hoje, muitos fazem. Sua hipótese é a de que antes os escritores em número expressivo, também eram jornalistas (alguns eram diplomatas). Hoje, muitos escritores são professores universitários. Daí o cacoete. Por isso, ele não se conteve: fez o mesmo em seu livro.

Mas, confesso-o francamente, ele o faz de maneira engraçada, ao menos para mim, porque disfarça os agradecimentos na forma de um conto. Ou melhor, ele se permite incorporar a nova prática do agradecimento sem sair da literatura. É um mérito, embora pequeno. Porque a surpresa é um recurso literário limitado, do qual só se pode lançar mão uma única vez. A obra tem de sobreviver a essa primeira leitura. Veja-se *O estranho caso de Dr. Jeckyll e Mr. Hyde*, mais conhecido como *O médico e o monstro*: o desfecho é — e deve ser — uma surpresa para o leitor, mas o livro resiste perfeitamente bem mesmo sem ela. Na verdade, entender como Robert Louis Stevenson ocultou a identidade entre os personagens leva a admirar ainda mais a obra. Quando a relemos, vemos todo o mecanismo da surpresa sendo preparado de maneira brilhante. Nosso autor fica muito aquém disso. Quando eu for tomar um café com ele (coisa que espero fazer em breve), quero tranquilizá-lo, para que não me leve a mal: quem não fica pequeno, quando comparado a Stevenson? Minha última dica ao autor que ora se lança nos cornos: não repita um truque que só dependa da surpresa.

Pós-posfácio

**José Alfredo
Santos Abrão**

O posfácio de Clarice, aí nas páginas anteriores, me libera de toda e qualquer objetividade posfacial. E me permite fazer considerações um pouco além — ou aquém — das multifaces desse livro. Na verdade, me dá mais autonomia, na medida em que me descompromete de notas ou menções 'obrigatórias', me livrando de 'enfoques' sobre os temas e coisas que afloram e florescem em seus contos.

Essa liberdade combina bem mais comigo, pois, para o bem e para o mal, em paralelo à literatura, sempre atuei no 'wild side' das escrituras. Sempre atuei em comunicação, sobretudo em vídeo, televisão e propaganda. Esses meios operam com as faces mercenárias da palavra, envolvendo a redação como prática que, a pretexto de informar, se faz para a compra e venda de coisas, fatos, ideias e o escambau.

Por seu turno, esse meu amigo Plínio Smith sempre seguiu em seu caminho apolíneo, acadêmico, respeitando os protocolos do conhecimento canônico — com a maior seriedade. Nesse caminho se experimenta sua vida e sua morte, sua fortuna e sua miséria, seu bem e seu mal.

Para dar um contexto histórico: quarenta anos atrás, eu cursava Letras na PUC de São Paulo e era monitor de Redação e Literatura no Colégio Santa Cruz. E como essas matérias contavam muito no vestibular, uns alunos me pediram para dar um curso extra — que chamei, muito oportunamente, de Redação Selvagem.

Plínio estudava em outro colégio, mas apareceu para participar daquelas oficinas, tão improvisadas quanto informais, como 'ouvinte'. Seu interesse era muito mais a literatura do que o vestibular. E sua dedicação à coisa de ler e escrever era, numa boa, uma coisa comovente.

Como nunca me senti um professor competente, procurava compensar dando toda atenção aos alunos, tratando de sua paixão pelas leituras e escrituras com a devida consideração. Foi assim que fiquei amigo de alguns alunos, tendo sempre a literatura como um território afetivo, que dava abrigo às nossas ideias e sentido às nossas vidas.

Pouco tempo depois, Plínio entrou na PUC e nossa amizade ficou mais espontânea, em nossa condição de estudantes universitários. A atmosfera de transição política dava muito ânimo na gente, que se acreditava capaz de botar o país nos eixos...

Pronto, chega de contextos e arrodeios. Vamos às impressões sobre essa sua literatura, que dá muito o que pensar.

Plínio não tem muita pena da humanidade — e nem de si mesmo. Quando se coloca na condição de ser humano, o faz com uma espécie de resignação. Portanto, fazer parte da 'categoria', como integrante da espécie humana, lhe provoca um certo incômodo (fator essencial em sua atividade intelectual, que o torna um sujeito vocacionado para seus ofícios).

Ele costuma desmoralizar, com certa contumácia, as eventuais diferenças que por ventura existam entre o bem e o mal. E como um anjo caído, como uma ovelha perdida, como um cristão desenganado, nos faz acreditar no abismo existencial da indiferença. E o pior: parece ter provas concretas para o que diz.

Em outras palavras, Plínio compromete as melhores esperanças nas possibilidades da fé, limitando muito os horizontes da tal 'condição humana'. Seus personagens estão sempre perturbados com isso, navegando em circunstâncias adversas, em ideias movediças, numa literatura feita de abismos e incertezas — coisa bem característica de quem coloca a fé nos campos da ilusão.

Impiedoso com nossa condição, esse escritor militante da racionalidade, como um artilheiro de encouraçado soviético, é capaz de detonar com as aparentes diferenças entre o racional e o irracional. Seus torpedos acertam o casco da segurança existencial, abolindo as melhores intenções.

De fato, esse meu ex-aluno consegue amarrar qualquer possibilidade de reação do leitor a um dado inexorável, de que trata o tempo todo: a morte como fatalidade absolutamente imperiosa, capaz de minar qualquer crença que a razão ou a sensibilidade possam supor.

Pois quando trata da 'indesejada das gentes', Plínio faz lembrar aquele provérbio, de que os mexicanos tanto gostam: 'la muerte está tan segura de alcanzarte, que te da toda una vida de ventaja'. Talvez por isso, por esse conformismo estrutural, eles se divirtam tanto no dia de Finados.

Destarte, creio que a morte é o diapasão dos contos plinianos. Da mesma forma, a razão — por sua incapacidade de se impor às pessoas, nas mais diversas situações — aparece como uma quimera em seus enredos, vazando como água nas mãos de seus personagens.

Esses personagens imersos na solidão, sem recife e sem estrela, se vestem de terno e gravata e seriedade. Esses seres provocam e assistem à erosão de sua existência em situações insólitas, em que o tempo escorre corrosivamente, levado para não se sabe onde pelas areias e pelos ventos, como poeira cósmica obscura, sei lá.

Por mais eleatas que pareçam, seus personagens não se aprumam com paradoxos. Eles nada podem contra a ditadura do tempo, nem contra a dissolução dos elementos, das bases materiais e espirituais que sustentam suas vidas.

Ninguém vai escapar do aniquilamento mais total, da destruição de qualquer escapatória — não num conto de Plínio. O bem lhe é quase uma obrigação inútil, um compromisso do bom caráter de sua pessoa, mas que 'jamais abolirá o acaso.' Para ele, o mal é íntimo do acaso.

A maior riqueza desses contos é a maneira como seus enredos são construídos, com rigor e racionalidade. Enredos que são como pontes, feitas de lógica entre verdades elementares — ainda que revelem as fragilidades de toda lógica, forçando as cargas de ferro e cimento no concreto de uma engenharia racional.

Numa visão mais geral, Plínio expõe as duplicatas de suas teses e antíteses, na dubiedade de seus personagens bipartidos, divididos entre as tensões, os talhos, as fendas de suas inevitáveis bifurcações.

Temperando as tramas com certo senso de humor, expõe também a recorrente leviandade humana. Isso aparece com clareza em seu retrato de um juiz tão canhestro quanto oportunista — assim como aparece nas narrativas mais inocentes, nos perfumes florais de sua própria afetividade, nas tentativas incertas de consolo entre seus desencantos.

Como numa autoestrada em obras, entre os desvios e variantes de tanta metalinguagem, as más intenções de seus personagens aparecem em vias duplas: entre as sombras do dia ou da noite, nas dobras dos descaminhos em tons pálidos, nas faces dos operários, cobertas de suor e areia, na remissão dos pecados ou na fatalidade de toda existência.

É assim que os melhores operadores de texto trabalham com suas máquinas.

©2024, Plínio Junqueira Smith

Todos os direitos desta edição reservados à
Laranja Original Editora e Produtora Eireli

1ª reimpressão, 2025

Edição **Germana Zanettini**
Projeto gráfico **Arquivo [Hannah Uesugi e Pedro Botton]**
Imagem da capa **Adobe Firefly**
Foto do autor **Arquivo pessoal**
Produção executiva **Bruna Lima**

**LARANJA ORIGINAL EDITORA
E PRODUTORA EIRELI**
Rua Isabel de Castela 126 Vila Madalena
CEP 05445 010 São Paulo SP
contato@laranjaoriginal.com.br
@laranjaoriginal
laranjaoriginal.com.br

Dados Internacionais de Catalogação na Publicação (CIP)
(Câmara Brasileira do Livro, SP, Brasil)

Smith, Plínio Junqueira [1964-]

A morte não erra o endereço / Plínio Junqueira Smith; posfácios de Clarice L. Yastremska e José Alfredo Santos Abrão — 1. ed. — São Paulo: Editora Laranja Original, 2024 — (Coleção Prosa de Cor; v. 17)

ISBN 978-85-92875-76-3

1. Contos brasileiros I. Yastremska, Clarice L.
II. Abrão, José Alfredo Santos III. Título

24-217677   CDD-B869.3

Índices para catálogo sistemático:

1. Contos: Literatura brasileira B869.3

Aline Graziele Benitez — Bibliotecária — CRB 1/3129

COLEÇÃO **PROSA DE COR**

Flores de beira de estrada
Marcelo Soriano

A passagem invisível
Chico Lopes

Sete relatos enredados na cidade do Recife
José Alfredo Santos Abrão

Aboio — Oito contos e uma novela
João Meirelles Filho

À flor da pele
Krishnamurti Góes dos Anjos

Liame
Cláudio Furtado

A ponte no nevoeiro
Chico Lopes

Terra dividida
Eltânia André

Café-teatro
Ian Uviedo

Insensatez
Cláudio Furtado

Diário dos mundos
Letícia Soares & Eltânia André

O acorde insensível de Deus
Edmar Monteiro Filho

Cães noturnos
Ivan Nery Cardoso

Encontrados
Leonor Cione

Museu de Arte Efêmera
Eduardo A. A. Almeida

Uma outra história
Maria Helena Pugliesi

A morte não erra o endereço
Plínio Junqueira Smith

No meio do livro
Teresa Tavares de Miranda

Rapiarium
Régis Mikail

Louva a deus
Elieni Caputo

Fonte **Tiempos**
Papel **Pólen Bold 90 g/m²**
Impressão **PSi7 / Book7**
Tiragem **50**